Bagriy & Co.

МАЛЕНЬКАЯ ЛУНА

ТАТЬЯНА ШЕРЕМЕТЕВА

Bagriy & Company
Chicago
2018

ISBN: 978-0692051153

Editor: Olga Novikova
Book design by Mykhail Kondratenko
Cover design by Larisa Studinskaya
Editor-in-chief: Simon Kaminski

Bagriy & Company
Chicago, Illinois, USA
www.bagriycompany.com

Printed in the United States of America

Tatiana Sheremeteva
A CRESCENT MOON
A Novel
(Russian Edition)

Summary: The novel is an intertwined recount of the past and present times, different life stories, personalities and the ways they perceive life. It is not about good or bad guys, but rather about people who are living their lives to the best of their abilities. And thinking of the past, each and every one of them has his or her own regrets. It is hard to lie to oneself all the time, trying to forget those who you loved and betrayed. The Universe lives by its own rules: all good and bad things that we did will come back to us. And no one – by any stretch of imagination – can foresee what life may have in store for us.

Татьяна Шереметева
МАЛЕНЬКАЯ ЛУНА
Роман

В этом романе переплелись прошлое и настоящее, разные судьбы, характеры и мироощущение героев. Здесь нет отрицательных и положительных персонажей, а есть люди, которые справляются со своей жизнью как умеют. И каждому при воспоминании о былом есть о чём сожалеть. Трудно всё время обманывать себя, стараясь забыть тех, кто был тебе дорог и кого ты предал. У Вселенной свои законы, всё хорошее и плохое, что совершили мы, к нам возвращается. И никакой вымысел не может соперничать с тем, что порой предлагает нам жизнь.

СОДЕРЖАНИЕ

Глава 1
«Выхода нет» 9

Глава 2
Волчок 15

Глава 3
Другая сидела рядом 24

Глава 4
Как тревожен этот путь 33

Глава 5
Москва – Брюссель. Взлёт 39

Глава 6
Dancing Queen 46

Глава 7
Москва – Брюссель. Снижение 56

Глава 8
Ванька 67

Глава 9
Ахматова 72

Глава 10
Ангел легкокрылый 77

Глава 11
Полёт 92

Глава 12
Маленькая Луна 98

Глава 13
Флорентийские колокола 108

Глава 14
Эта графоманская хрень 117

Глава 15
Восьмая Марта 125

Глава 16
Дворецкий 138

Глава 17
Москва – Кёнигсберг 155

Глава 18
Калиниград – Москва 171

Глава 19
Виндзорский узел 183

Глава 20
Промежуточный юбилей 199

Глава 21
Нечаянная радость 208

Глава 22
Мой нежный друг 213

Глава 23
Так ему и надо 220

Эпилог
Вкус, знакомый с детства 224

Ducunt Volentem Fata, Nolentem Trahunt. [1]

---

[1] Желающего судьба ведёт, нежелающего – тащит (лат.).

ГЛАВА 1

«Выхода нет»

«**Ж**изнь дала трещину и в таком раскоряченном положении замерла», – я выписала эти слова особенно старательно. Поставила в конце большущую точку и обвела её лепестками – получилась ромашка. Её намёк на «любит – не любит» я не приняла, в данный момент меня интересовало совсем другое.

Если разобраться, то в этой фразе была заключена суть моего жизненного алгоритма. Только вот получилась она с каким-то проктологическим намёком. Тут я, как интеллигентная дама «на возрасте», наверное, должна извиниться.

Но извиняться я не буду, потому что кроме меня эту запись никто не увидит. Вернее, не должен увидеть. Я спрячу тетрадь среди кухонных полотенец, которые нарядной цветной стопкой лежат в нижнем ящике стола, где у меня имеется ещё и большая, тёмно-зелёного, полезного для глаз цвета свеча, которую я зажигаю, когда мне нужна скорая, почти медицинская помощь. После чего сажусь напротив и начинаю говорить всё, что в этот момент по-настоящему думаю и чувствую. Разумеется, если я одна.

Поначалу меня удивляло, насколько это непохоже на
то, что у меня приготовлено для общественного потребле-
ния. Я смотрела на тусклый мерцающий огонь и выпали-
вала вслух всё подряд, используя при этом непечатные слова и
даже целые выражения. Тетрадь – это другое. Туда я записываю то, что хотела бы оставить для себя на потом. Тем более что по ходу дела у меня появляются случайные наблюде-
ния и неожиданные для меня выводы. Иногда мне неудобно
за свои записи. Потому что никогда бы я не смогла сказать в
лицо людям, о которых пишу, то, что я о них пишу. Это, наверное, плохо. Но, с другой стороны, если бы это было возможно, то зачем бы эти записи мне понадобились?

* * *

Сегодняшний день ещё не начался, а я уже на него оби-
делась. В нашем большом доме я живу сейчас одна, не считая, как у Джерома Джерома, нашей собаки.

Центр притяжения нашей семьи ушёл от меня куда-то
хорошо в сторону. А может, я никогда и не была этим цен-
тром? Я хожу по пустому дому в пижаме и изо всех сил стараюсь забыть свой сон.

Всю ночь я искала выход и пыталась вырваться из зам-
кнутого пространства, но везде натыкалась на таблички
«Выхода нет», «Выхода нет».

Говорят, психологи настоятельно рекомендуют заме-
нить эту формулировку на другую, с позитивным смыслом,
где бы говорилось о том, что выход, конечно, есть. Просто
он в другом месте – хорошо бы ещё понять где.

Я бегала по нашему дому, в моём сне он был почему-то
бесконечно огромным. В конце каждой комнаты оказыва-
лась следующая. И везде таблички: «Выхода нет»…

Потом я упала и поползла, подтягиваясь на руках, а ноги мои, как у тяжелораненого, беспомощно волочились по полу...

На рассвете я проснулась и, как всегда, стала думать о своей жизни. Подруг у меня давно уже нет. И не потому, что я, как Людмила Прокофьевна Калугина, их «извела», а потому что не нужны мне они. Есть приятельницы, с кем можно поболтать или сходить куда-либо, куда мужчины ходить не любят: театры-музеи-выставки-концерты. Они любят ходить на презентации и юбилеи.

Когда-то в моей жизни было по-другому, но это было давно. «Всё проходит», – сейчас, когда, оглядываясь назад, видишь там бо́льшую часть отмеренного тебе, эти слова меня всё чаще радуют.

Но... чтобы жизнь была выносимой, нужно видеть её перспективу. Это как необходимый навык водителя – уметь смотреть вдаль и широко по сторонам одновременно. Я, кстати, люблю такую вещь, как боковое зрение, оно мне часто помогает. Ну, например, боковым зрением я иногда замечала, как мой муж открывал сообщение у себя в телефоне, потом незаметно клал телефон в карман своего шерстяного халата, который я как-то подарила ему на Новый год, и шёл в туалет. Правильно, это – единственное место, где он может закрыться на законном основании. Но сейчас всё это меня уже не касается. Мы разъехались – вернее, Игорь ушёл от меня.

Странно: моя выстраданная профессия – сценарист, мой удел – неуспешный сценарист. Я окончила высшие сценарные курсы, но по моим сценариям фильмы не ставят.

В своём воображении я пропустила через себя сотни чужих судеб, поднимала людей с пепелища их порушенной жизни, сводила их вместе после предательств, разлучала как бы навсегда, а на самом деле на год, бросала их друг к другу в самый неподходящий для этого момент.

Иногда я и сама уставала от тех многочисленных несчастий, которые обрушивала на головы придуманных мной персонажей, но зрителей не интересует чужая хорошая жизнь. Им интересна чужая плохая жизнь – проверено на себе, ни одно животное не пострадало. Конфликт – альфа и омега человеческого внимания к себе подобным.

Мои сценарии заворачивали многократно и по-разному. Скорее всего, их даже не читали. Как-то меня свели с одним очень известным человеком, это был почти блат. Продюсер, как мне сказали, – ещё и талантливый режиссёр, да и человек хороший. Для своих «Волчок», а для меня – Иннокентий Модестович.

Я отвезла рукопись и оставила её у секретарши. Мне казалось, что если почти блат, то выйти на связь он должен скоро. Но это случилось через три месяца, когда я уже перестала ждать. Позвонила, как обычно, какая-то девица и сказала, что Иннокентий Модестович хотел бы со мной увидеться.

«Придёт серенький Волчок и укусит за бочок»… Говорят, что его так зовут не потому, что фамилия, а потому что кусает больно.

Он худой, почти седой и весь в морщинах. Я видела его несколько раз на канале «Культура», который только и смотрю, и в фотохронике. Матёрой волчьей стати нет, он не волк, а волчок. Впрочем, это не мешало ему пользоваться успехом. Правда, бабы у него, как я слышала, были все мусорные – из профессионального окружения. А какое там окружение, мне хорошо было известно: за роль или даже за озвучку... Что? Сами знаете что. Не говоря уже о сценарии, принятом в работу.

Мне очень хотелось сделать так, чтобы ему сразу стало ясно, что я тоже могу, если захочу, но я не из тех. Свой внешний вид я продумывала так тщательно, что даже забыла, зачем, собственно, я встречаюсь с этим Модестовичем.

Строгость и ненавязчивый сексапил, холодноватая отстранённость настоящей леди и свобода творческой натуры – это были главные краски, которых я решила придерживаться. Одно должно пробиваться сквозь другое, провоцируя интерес и желание задавать вопросы. На которые я буду давать ответ только по собственному выбору.

Брючный костюм отменяется, потому что «остообрыдл». Люблю этот качественный эвфемизм. Мини тоже не хочу: не в тему, и коленки уже не те. У меня будет удлинённая юбка и светлая рубаха навыпуск. Воротник будет расстёгнут, но безо всяких там намёков и «дорожек между грудями» – просто чтобы подчеркнуть небрежность общего облика. Погоду сделают, как и всегда в моём случае, аксессуары: коньячного цвета сумка и такой же ремень со здоровенной золотистой пряжкой, который должен свободно болтаться у меня на бёдрах, ни в коем случае не затягивая талию, или, вернее, то, что от неё осталось.

Встреча была назначена на пять часов пополудни. В тот день я встала в шесть утра, проводила мужа на работу и только после этого начала готовиться, потому что не хотела, чтобы он знал о предстоящей мне встрече. Если получится

– будет сюрприз, когда я небрежно сообщу о том, что мой будущий фильмец оторвали с руками. А если не получится, то будет меньше соболезнований.

Итак: утренний душ, шампуни, лосьоны, фен. Маска на лицо, полежать, расслабиться, смыть. Основа под тон, сам тон, тени двух цветов (почему не трёх?) и – растушёвываем, господа, растушёвываем, как говорит один известный визажист. Растушевали. А теперь всё, к чертовой матери, смываем: с такой мордой только на углу двух улиц с профессионально оголённой коленкой стоять.

Начинаем всё сначала, только на этот раз уже очень умеренно. Светлый тональный крем, прозрачные серебристые тени, на губах – только блеск. Волосы на макушке демонстрируют дурной нрав: они не стоят, не лежат, они беспомощно опадают. Я старая жопа, и ничто мне уже не поможет. На пластику лица, омоложение шеи, силиконовый бюст и липосакцию всего, включая пятки, можно даже не тратиться.

Выходя из дому, я, как предписывает примета, посмотрела на себя в зеркало. Только распоследний подлец и женоненавистник не заметил бы, как я была хороша.

ГЛАВА 2

ВОЛЧОК

Когда-то Иннокентий, наверное, тоже был хорош. Но это было давно. На сегодняшний день в активе оставались морщины, как у любимого Бродским Одена, в которые можно было засыпа́ть пыль времён, немного тёмных и много седых волос и длинные, тощие конечности, которые ему явно мешали. Он поминутно то скрещивал свои острые коленки, то крупными ладонями с неестественно худыми, как на рисунках Шиле, пальцами обнимал себя за предплечья, или что там находится выше локтя. Поза была выразительная: его было много и мало одновременно. В ширину он уверенно стремился к нулю, вся энергия была сосредоточена на освоении новых высот. Может быть, не только в прямом, но и в переносном смысле тоже. Так за что же его так бабы любят? Я должна это понять.

Наш разговор ещё не начался, а он уже попробовал меня укусить:

— Знаете, лучше ведь выпить кофея, чем не делать ничего, правда? А ещё лучше чаю. Хотя это и не в рифму. Олеся!

Без сахара, но с лимоном. И не клади его в чашки, лапа, мы сами управимся. Резать не как в «Аэрофлоте», а нормальными толстыми кружками, как себе дома делаешь. Понял, цыплёнок?

Ну, на мой взгляд, это был вполне оформившийся бройлер. Впрочем, какое мне дело? Стол был типично канцелярским, но с претензией. Чернильницы (а зачем они ему, хотелось бы знать?) – в виде двух женских торсов с соответствующими подробностями. Он перехватил мой взгляд и ловко ухватил одну из дам за бюст. Это оказалась крышка. Ниже было неинтересно – всё заканчивалось талией.

Он сидел в большом, почти что тронном кресле с высокой спинкой (к бабке не ходи – комплексы свои лечит), далеко отодвинувшись от стола, перебрасывая ногу на ногу и скрестив длинные руки. Было тихо. Я решила, что ни за что не заговорю первой. Хорошо, что на мне был большой мягкий кардиган. Он, как броня, прикрывал меня, так что мне было почти комфортно.

– А давайте мы вон в тот уголок пересядем? А то, знаете ли, утверждают, через стол с посетителями говорить – последнее дело.

Да… Обидно, когда тебя называют «посетитель». А я так готовилась…

«Уголок» состоял из диванчика, двух кресел и журнального столика. Там действительно было лучше. Бройлер Олеся (я остановилась на этой версии) принесла поднос с двумя здоровенными кружками, лимоном, нарезанным в соответствии с указаниями («Аэрофлот» бы точно этого не пережил), и конфетами «Коровка», которые в этом кабинете, наполненном портретами каких-то актрис, фотографиями самого Волчка в бейсболке и за операторской камерой, чернильницами с сиськами, смотрелись неуместно по-домашнему.

– Конфетку берите. «Коровка». Помните: «Вкус, знакомый с детства»[2]? Знают, подлецы, как до сердечной мышцы добраться.

– Вы о чём?

– О конкурирующей фирме. Этот слоган дорогого стоит. Как они нас опередили, до сих пор простить себе не могу. Это должна была сделать моя компания. Я ведь ещё и рекламой занимаюсь. Может, слышали про мои проекты?

Перечисление брендов первого ряда объяснило мне многое. Ну, конечно, это прежде всего реклама. Креатив, за который платят сотни тысяч долларов.

– Спасибо. Я действительно этот вкус практически только по детству и помню.

– Что ж вы так себя не любите?

– Напротив, очень люблю. Потому и не ем.

Можно было подумать, что я к нему приехала чаю попить. Вот сейчас лимон в чашку положу, конфетку съем и откланяюсь.

Волчков посматривал на часы. Меня просили не опаздывать, потому что день у него расписан по минутам. Это я, как Пятачок, до пятницы была совершенно свободна.

---

[2] «Вкус, знакомый с детства» – рекламный слоган кондитерской фабрики «Красный Октябрь», разработанный сетевым рекламным агентством.

– Давно пишете?

– Давно. А десять лет назад я высшие сценарные курсы окончила.

– А что так припозднились?

– Это моё второе образование.

– Да, а первое какое?

– Филфак.

– Это что – философский?

– Филологический.

– А я уже удивился, как это вас угораздило, – деликатно хмыкнул в кулак. – Конечно, девочкам нужно поступать именно на филологический: прекрасное образование. Супруга-филолог – это красиво. «Жена – реклама мужа», – как утверждает моя вторая бывшая. Что-то я на сценарном вас не припомню. Я там долгое время почасовиком подрабатывал.

– Я проходила дистанционное обучение. Питерский институт кино и телевидения.

– Заочка? Ха, ну, так бы сразу и сказали! Помните Зельду? Нет, ну, вы не можете этого не помнить!

– Какая Зельда?

– Ну, Зельда! Фицджеральд! Это же она сказала, что до сих пор верит, что можно научиться играть на пианино по почте! Ха!

Это была первая фраза, произнесённая им по-настоящему, а не для вежливости. Он с довольным видом скалился, и я начинала понимать, за что его бабы любят.

А мне после этой фразы можно было уже ехать домой. Даже не допив чаю с правильно нарезанным лимоном и конфетой «Коровка».

– Марина Павловна, это… что хочу сказать… Писательство – это такое, понимаешь, дело… Эх, как бы вам объяснить… Короче, здесь или голый бизнес, или страсть. Причём и то, и другое для здоровья неполезно. Кстати, и для фигуры тоже. Крайне тяжёлый разрушительный процесс. Кто идёт в бизнес, потом оплакивает свой запроданный талант. Кто отдаётся губительной страсти, подсаживается на наркотик: хочет славы, признания, а здесь, знаете ли, «ищущим» совсем необязательно «обрящется». Чаще нищета, запои и тяжёлая форма мизантропии. А вот так, чтобы приятно проживать свою жизнь и писать между делом, – не очень получается. И не получится, голубушка, матушка, не знаю, как ещё сказать, чтобы вы меня услышали.

– «И никакая я вам не матушка!» – я начитанно улыбнулась, давая понять, что даже в такой момент сохраняю чувство юмора.

– Ну, умница! Я же вижу, что мы с вами на одном языке говорим. Так вот, «матушка», вы всё о сильных потрясениях пишете, людей «лицом об стол» прикладываете, а страсти-мордасти у вас, заметьте, ненастоящие, вымученные какие-то. И знаете почему? Ну, смотрите: вы девочка из хорошей семьи – семья ведь хорошая, правда? Университет, удачный брак, муж устроен, денег чуть больше больше, чем у других, а если и проблемы, то это «недвижимость подорожала», куда поехать отдыхать или супруг немножко пошалил на стороне. В общем, проблемы все серьёзные, но из серии «жемчуг мелок». Не обижайтесь, пожалуйста, но я ведь угадал?

– Хочется попросить у вас за это прощения.

– Ничего-ничего, по-хорошему вам завидую. Это же прекрасно!

– Вам виднее.

– Марина Павловна, не хочу повторять пошлятину насчёт того, что «художник должен быть голодным». Ну, разве что, если он не бережёт, как вы, свою фигуру. Но чтобы описывать чужие страдания, надо самому через многое пройти. С чужого голоса или по нотам тут ничего не споёшь. Это не сольфеджио. И простите опять за банальность, но за всё надо платить. В том числе и за благополучную, удавшуюся жизнь. Милочка, голубушка моя, не обижайтесь. Не мучайте вы себя и близких. Мужу-то, поди, по полной достаётся, когда вы в творческом поиске? Сам знаю, что это такое. Потому давно и прочно один. Формально, конечно. Ну, это же невозможно без слёз читать: у вас если героиня, то с грустными выразительными глазами и тонким запястьем, на котором бьётся голубая жилка. И если герой, то обязательно с брутальной мордой и перебитым в детстве носом. Кругом – сплошные руины, и все плачут на плече друг у друга. И вы плачете вместе с ними. А ведь самые ужасные трагедии – они из будничной жизни, и самые безысходные слёзы – это те, что «невидимые миру». Кто это сказал? Правильно, Чехов. Да и вообще, что тут говорить? Надо просто читать классиков. Всё уже написано до нас, вы же это лучше меня знаете.

– А что тогда делать нам, несчастным?

– А нам сочинять рекламные слоганы. Например, как этот шедевр: «Вкус, знакомый с детства». Ну здорово, правда? Ах, ну почему это не я?

Перед тем как распрощаться с Волчковым, я всё-таки задала вопрос о нём самом. Уж больно хотелось узнать, как же ему удаётся пробегать между струйками.

– Иннокентий Модестович, спасибо за ваше время. Я, наверное, откланяюсь и пойду.

Волчков с готовностью закивал седой головой.

– Только вот хотела спросить на прощание: а как же вы сами занимаетесь всем этим? Вы успешный продюсер, а это значит – деньги, но вы и как режиссёр успели отметиться. А это – какое-никакое, даже произносить неудобно, но всё-таки творчество. Поделитесь, пожалуйста, опытом, как это у вас получается. Где вы? Там, где высокое искусство, или там, где рекламные слоганы? Про мою рукопись забудем. Я про неё уже всё поняла.

Волчков опять перекинул ногу за ногу и приобнял себя за плечи. Мелькнул «Брайтлинг» на костистой руке, длинные узловатые пальцы легли на тёмно-синий кашемир свитера. В таких пальцах хорошо смотрелась бы сигарета, а ещё лучше – сигара. Он молчал и смотрел мимо меня на стену. Я обернулась и увидела большую фотографию: он на каких-то самодельных подмостках, как судья на теннисном корте, сидит в заснеженном меховом треухе с «матюгальником» в руках. Изо рта идёт пар, морда усталая, но нет ещё этих оденовских морщин, а есть какая-то щенячья доверчивость во взгляде. Такими мужчины бывают, когда сильно влюблены. Я не раз видела такой взгляд у тех, с кем имела дело моя сестра. И это одно из обстоятельств, которые сильно осложняют мои отношения с ней.

– Марина Павловна, вы извините меня.
– За что?
– Я не знаю, что вам ответить: это всё так сложно, так больно, что мне не справиться. Чёрт его поймёт, что лучше и как надо жить. Открою вам страшный секрет: я давно понял, что этого не знает никто. Все знают, как не надо, помните, как Евгений Онегин? Вот с тех пор ничего не изменилось. Я тоже знаю, как не надо, но сам живу именно так. И плачу́ за всё по полной программе. И вот когда понимаю, что уже ничего не понимаю, что жизнь проходит,

а выхлоп – ноль, что всё лучшее, на что я был способен, в панике брошено и предано и что «поле битвы давно принадлежит мародёрам», когда я вспоминаю вкус жизни, тот, который «знакомый с детства», я ухожу в запой. Господи, зачем я вам всё это рассказываю?

Он потянулся к дверце в стене и достал бутылку французского коньяка.

– Хотите выпить?

– Я не пью, – соврала я.

– А я пью. И лимончик тут очень кстати. Не обижаетесь на меня? Вы – милая женщина и выглядите исключительно привлекательно. Но я вас очень прошу, не пишите вы эти свои сценарии. Ну их! И никому не рассказывайте про дистанционное обучение. Говорите про МГУ, этого больше чем достаточно. Занимайтесь домом, семьёй, мужем. Это счастье, когда есть рядом человек. Знаете, бывают ведь такие суки… Пока ты душу свою рвёшь, на горло собственной песне наступаешь, друзей предаёшь и с врагами водку пьёшь, она, эта тварь, за твоей же спиной такое делает, такое… Всё. Всё! Марина Павловна, Мариночка, вы мой наказ поняли? Ни-ни, не разрушайте свою жизнь, не занимайтесь вы больше этой тягомотиной, мягко выражаясь. Ну, хотите, я вас к себе в агентство креативным менеджером возьму? Нет? Тогда просто живите себе и радуйтесь…

Морщины его расправились, глаза подобрели, и что-то в нём появилось от того, с фотографии за его спиной, в развалившемся треухе с завязками, смешно висящими по сторонам.

Он не заметил, как я ушла.

***

Дома я с наслаждением рвала бумагу: брала каждый листок, смотрела ему в лицо, а лицо, по моему убеждению, было у каждой моей страницы, и разрывала её пополам. Это была казнь. Потом я сложила останки рукописи в камин и подвергла их кремации. И даже возложила цветочки. Церемония прощания была окончена.

Больше мы не встречались, но я часто видела его в светской хронике и иногда – в каких-то дурацких передачах, под которые мой муж засыпал на диване. Кажется, после нашей встречи он ещё больше похудел. Зато у него были загребущие руки и умные глаза, которые, я знала, когда-то могли смотреть по-щенячьи доверчиво. Мерзавец. Матушкой обзывал, жить учил, а потом вообще напился. Слава тебе господи, что мы с ним раньше не встретились. Это тебе не Дворецкий, такой жгутом тебя скрутит и узлом завяжет. А ты ему ещё за всё «спасибо» будешь всю жизнь говорить.

Вскоре появилась моя первая тетрадь. «Это не творчество, – утешала я себя, – я же ничего не придумываю». Просто говорю там сама с собой о своей жизни. Господи, как ты щедр. Кому бы жаловаться, но не мне. Правда, как-то незаметно истаял вкус жизни, тот, который «знакомый с детства». Остался её привкус.

ГЛАВА 3

Другая сидела рядом

Моя сестра Галка опять обустраивала по новой свою квартиру.

— Галя, что случилось, что ты с мамой сделала, мерзавка? Ты знаешь, что она рыдает у меня на кухне?

— Ой, подожди, не клади трубку, я с подоконника спрыгну. Я такие шторки весёленькие забабахала, увидишь – обзавидуешься! Да ничего я с ней не сделала. Всё нормально, не знаю, чего она плачет.

— А поподробнее можно? Нет, лучше дуй ко мне, мирить вас буду. И вообще, ты могла бы ко мне почаще ездить.

— В смысле пожрать чего – везти?

— «В смысле пожрать» ничего не надо, у нас тут стратегические запасы образовались на пять лет вперёд. Ты что, нашу мать не знаешь? Лучше привези что-нибудь к чаю. Купи зефир в шоколаде, как она любит. Будет хоть какое-то утешение от тебя. Понятно говорю?

— Нет.

В нашей семье есть ярко выраженный центр управления нашими полётами. Это наша мать. И эпицентр проблем и неприятностей – это моя сестра Галка.

Я не знаю, каким указом и от какого числа было установлено, но мы всегда исходили из того, что любит или не любит прежде всего наша мама, и свои вкусы подстраивали под неё. У нас с отцом, пока он был жив, это получалось. Мы знали, что зефир должен быть в шоколаде, борщ должен быть густым, так чтобы ложка стояла, и что самая лучшая песня – это «Зачем тогда снятся сны» в исполнении Эдиты Пьехи.

У матери хранилась затёртая пластинка, брать которую нам не разрешалось. Доставала эту пластинку она нечасто, и в такие дни наш отец обычно ходил на цыпочках, стараясь не попадаться ей под руку.

Вообще, я рано заметила, что отец, такой большой и сильный, дома старался быть «хорошим мальчиком». Ах, зачем при посторонних он был таким строгим, зачем у него были такие синие глаза и тёмные брови, зачем подбородок выдавался немного вперёд и зачем он, услышав что-то смешное, так неожиданно и самозабвенно начинал смеяться, откидывая свою крупную породистую голову назад?

Его любила не только наша мать, я поняла это, когда ещё была маленькой. Отцом я гордилась, а она в ту пору, помню, ходила с большим животом. Сказать матери, что это некрасиво, я не могла, а она разбухала на глазах, пока не выяснилось, что у меня вот-вот появится маленький братик.

С братиком ничего не получилось. Кто-то там наверху решил по-своему, и на Землю был спущен белокурый ангел женского рода. В память о несбывшейся мечте родители хотели назвать ангела Сашенькой. Но назвали его, в смысле её, Галей.

Дома у нас стало всё кувырком, мать бегала по квартире с озабоченным лицом и всё грела под струёй воды разные противные бутылочки, заткнутые ваткой. За ними каждое утро мне нужно было тащиться в молочную кухню, стоять в очереди и потом вприпрыжку нестись домой, потому что белокурый ангел ждать не хотел и орал, исторгая из своего растянутого розового ротика неправдоподобно мощные вопли.

Грустное это было время. Папа по вечерам уже не разыгрывал шахматные партии с «Вечерней Москвой» в руках и часто задерживался на работе. Наша мать ходила мрачнее тучи, эта противная белобрысая Галька день и ночь надрывалась, а я видела, что никому не нужна.

Однажды осенним вечером мама сказала мне, чтобы я одевалась; запеленала сестру в тугой кулёк, положила в коляску и, шёпотом ругаясь, стала натягивать на меня резиновые сапоги. Шли мы долго. Я, чтобы не было скучно, вынула из кармана скакалку и стала прыгать на ходу. Тяжёлый резиновый шнур бил по лужам, светлый мамин плащ и коляска оказались забрызганными. А одна капля даже попала белокурому ангелу на щёку. Мама вырвала у меня скакалку и с силой стеганула ею меня по заднице. Пальто был толстым, и удара я почти не почувствовала. Вернее, почувствовала, но совсем в другом месте.

Дойдя до какого-то бульвара, мы остановились около большого куста. Сквозь ветки были видны деревянные лавки с чугунными завитушками. Так мы долго стояли и чего-то ждали. Я молча переживала свою обиду, а мать что-то высматривала сквозь ветки. Потом она схватилась за голову и застонала, как от боли, как будто это её, а не меня отхлестали скакалкой.

Домой мы шли ещё дольше. Дорога оказалась совершенно непосильной для нас обеих. Мама на ходу плакала и просила у меня прощения:

– Девочка моя, прости меня, пожалуйста. Господи, ну какая я дура! Да гори он синим пламенем, этот плащ. Манечка, тебе больно? Ты слышишь меня, ты простишь?

Про скакалку я уже совсем забыла и даже обижаться совсем расхотела. Но всё равно мне было очень больно, потому что рядом, вытирая глаза, шла она – такая взрослая и такая несчастная.

Что-то ужасное происходило с нашей мамой, что-то страшное вползало в наш дом. Отец стал спать на диване в большой комнате, вечерами все молчали, и только Галькины вопли нарушали эту нехорошую тишину.

Тогда и появилась эта пластинка. На футляре была изображена немыслимой красоты Эдита Пьеха с сильно подведёнными глазами и перчатками до локтя. Я тогда же решила, что когда-нибудь у меня тоже будут такие перчатки и я тоже научусь петь таким же низким голосом, противно коверкая букву «л».

«Это было началом и приближеньем конца. Я где-то её встречала – жаль, не помню лица. Я даже тебя не помню, помню, что это – ты… Медленно и небольно падал снег с высоты…» – вслед за Пьехой пела я и представляла, как метель наметает сугробы, как на той самой скамейке, которую мы видели на бульваре, сидят двое и снег падает им на непокрытые головы.

«Мне снилась твоя усмешка. Снились слёзы мои… Другая сидела рядом. Были щёки бледны… Зачем мне – скажи на милость – знать запах её волос?.. А мне ничего не снилось. Мне просто не спалось»…

С тех пор прошло много лет. Потом отец ещё несколько раз переезжал из спальни на диван, и в нашем доме надолго становилось тихо и тревожно. Песню ту мать слушала уже не так часто, но слова её прочно, как чернила в ковёр, въелись в мою память. Я помню их до сих пор.

А потом наш папа умер. Большой, серьёзный, строгий, он умер на том диване, куда его отправляла мама из их общей спальни.

На похоронах она всё шептала: «Дорогой мой, дорогой…» – и пыталась поцеловать его в лоб, но гроб стоял слишком высоко. Несколько раз она пробовала дотянуться, вставала на цыпочки и вдруг страшным голосом закричала, чтобы сделали что угодно, но дали бы ей проститься с мужем.

А потом забилась в руках мужиков, которые подставляли ей под ноги какую-то скамейку. Началась суматоха, кто-то капал корвалол на сахар, а она всё кричала. Потом обессиленно сникла и затихла, и я поняла, что никогда наша мать уже не будет прежней и вряд ли сможет это пережить. Я ошиблась наполовину. Она выжила. Но прежней не стала.

– Манечка, а помнишь, как мы тогда на бульвар ходили? Помнишь, как я тебя скакалкой отлупила? Я ведь тогда отца выслеживала. Он на лавочке с ней встречался. Знаешь, что самое ужасное? Мы же ждали мальчишку, а тут вдруг – девочка. Хотели Сашенькой назвать, и я только потом догадалась, почему он вдруг передумал. Видишь, уже и Галя та, может, давно не помнит, как отца нашего звать, а у нас память о ней останется навсегда. Вот выросла у нас своя Галя, и сколько я с ней горя хлебнула, кто бы знал…

Сестра вкусов матери не признавала и всё делала по-своему. Поэтому борщ терпеть не могла, заезженную песню на дух не переносила, а грибы, которые каждую осень собирали родители, ненавидела всей душой.

В сентябре объявлялся большой аврал. В каждом углу квартиры стояли здоровенные деревенские корзины, на плите в громадном тазу варились в чёрной пене грибные шляпки.

— Пойми, ну ладно бы они белые или подосиновики собирали, а то радуются каким-то, можно сказать, валуям, прости господи, и этим… засранкам.

— Серушкам.

— Да какая разница, ты же знаешь, что они засранки! Вонь по всей квартире, на площадке аж слышно. Как мне эти грибы осточертели! Тебе хорошо, ты уже взрослая была, а меня они каждый выходной тягали с собой. У нас все девчонки из класса гулять идут, а я в тренировочных штанах за грибами еду. У-у-у! Никогда им этого не прощу! Они мне, может, всю личную жизнь поломали! Я, может, после этих грибов и пошла вразнос. Да что тебе рассказывать, ты же тоже сейчас мораль мне начнёшь читать!

* * *

Она привезла две коробки зефира в шоколаде – наверное, взрослеет понемногу. Сунулась было к матери с поцелуем, но та быстро ушла из прихожей на кухню. Зефир остался лежать в коридоре на столике. Я наблюдала, как Галка сопела и пыталась скинуть с ноги высоченный сапог на шпильке.

– Галя, что у тебя творится, говори немедленно, ты видишь, что с матерью происходит?

– Да ничего особенного. Я, понимаешь, серьёзно занялась эзотерикой. Хожу на семинары и посещаю практические занятия. Оказывается, есть столько интересных практик! Вот, например, для того, чтобы в жизни появилось новое, нужно избавиться от старого. Здорово, правда? А ещё я учусь формировать события. И знаешь, у меня получается!

Галка оглянулась на дверь и шёпотом сказала:

– Я даже чакры уже открывать научилась. Хочешь, тебе открою? У нас у всех они просто в ужасном состоянии, а за этим нужно следить!

– Спасибо, как-нибудь в другой раз. Объясни толком, что ты там ещё наформировала и почему мама плачет?

– Ну, я же тебе говорила: чтобы появилось новое, надо освободиться от старого. Я решила обновить свою жизнь. Полностью.

Самые худшие подозрения зашевелились у меня в душе.

– Что значит «полностью»?

– Это значит и на уровне взаимодействия биополей, и на уровне влияния на нас материального мира.

– На русский перевести попробуешь?

– Ну, я Ромку домой к свекрови отослала. Пусть живёт там. У меня на него аллергия.

– О Господи, несчастная, что ты наделала? И это у тебя взаимодействие биополей, что ли, называется?

– Да. Я сама сформировала это событие. И у меня получилось! Мне даже объяснять ему особенно ничего не пришлось, он всё сразу понял. И я тут же решила очистить своё жизненное пространство – чтобы моим светлым энергиям ничего не мешало. И чтобы привлечь к себе новое благополучие.

— А старое тебе чем не нравилось? Короче, мужа ты к свекрови, редкой души, кстати, женщина, отправила, а с квартирой что сделала? Продала? Отдала бедным? Сожгла в религиозном экстазе?

— Ничего я с квартирой не сделала, просто вещи старые выбросила. Знаешь, как Александр Иванов поёт: «Боже, какой пустяк, Сделать хоть раз что-нибудь не так: Выкинуть хлам из дома И старых позвать друзей…»

— Ну, здесь ты явно преуменьшаешь. «Сделать хоть раз что-нибудь не так» – это не про тебя. Ты у нас по этой части идёшь с большим опережением.

— Это кого же я опережаю?

— Всех. В особенности твоего Александра Иванова. Признавайся, что ты выбросила? Мебель в доме осталась?

— Тряпки я выбросила. Они же впитывают отрицательную энергию. Шторы старые в наш эзотерический центр отнесла на обряд очищения. А сейчас Алик новые помог мне купить, повешу – будет красиво!

— Господи, ну за что тебя твои бывшие мужья любят? И как ещё Алик видеть тебя может, он же за два года жизни с тобой поседел, кажется.

— Не поседел, а полысел. Так ему даже лучше. И у нас остались отличные отношения. А шторки замечательные, тебе понравятся!

— Что ты ещё выбросила или, там, в центр свой поганый отнесла?

— Да так, кое-что ещё, по мелочи.

Видно было, что Галка и сама уже немного испугана масштабами разрушений, которые она учинила в своей жизни и доме.

– Галя, ну когда ты станешь взрослой? Когда ты перестанешь терзать мать? Посмотри, у меня шрам меньше не стал?

– Где? В душе?

– На левой скуле. Боже мой, как больно, а тут ещё ты. Бери зефир, пошли на кухню. Говори там, что хочешь, только не рассказывай про то, что ты теперь у нас ещё и «события формируешь».

ГЛАВА 4

Как тревожен этот путь

Обычно в полёте я стараюсь напиться. Это психотерапевтическое средство действует безотказно. Очень скоро мне становится всё равно, и я перестаю заглядывать в лицо бортпроводникам, пытаясь понять, всё ли у нас в порядке.

В тот раз я выпила уже вдвое больше положенного, а искомый результат был от меня всё так же далёк. Старательно артикулируя, я попросила проходящий мимо меня гибрид официантки в фартуке и новобранца в пилотке плеснуть мне ещё пятьдесят грамм за мои кровные. Девица пошла шушукаться со «старшой». Интересно, как они мне будут отказывать? Я что, буяню или мешаю кому-нибудь?

Алкоголь меня не брал. Я сидела с закрытыми глазами, прислушиваясь к ровному гулу двигателей, вспоминала события последних дней и пыталась свести дебет и кредитом. Просто для интереса найти что-либо позитивное в противовес тем гадостям, которые свалились на мою голову: меня почти убили, унизили, я таскалась с ментами по каким-то обезьянникам, чтобы опознать того скота, что напал на меня в лифте.

Мне очень не повезло с больницей, зато там я лежала отдельно от других, одновременно испытывая в этой связи чувства неудобства перед теми, у кого такой возможности не было, и удовольствия от сохранения моего драгоценного privacy[3].

Как только в палату заходил Серёжа, к моему горлу сразу же подступали слёзы. Сколько раз, стоя над кроваткой, смотрела я на него, когда он был маленький. А сейчас в кровати лежала я, и уже он, такой взрослый и сильный, склонялся ко мне для поцелуя. Необычный, исключительно болезненный ракурс, как сказал бы один мой знакомый оператор.

Моё воображение (Боже, как оно мне надоело!) сразу же рисовало мне будущую картину прощания навсегда, когда я буду лежать на кружевной подушке с руками, сложенными на груди, и закрытыми глазами. Что будет чувствовать в тот момент мой сын? И не побрезгует ли поцеловать мой холодный, пожелтевший лоб? И кто придёт в тот день со мной проститься? Я не знаю. Зато я точно знаю, кто туда не придёт.

Эти весёленькие мысли и картинки из неизбежного будущего быстро отправляли меня в нокаут, и нормально говорить со своим ребёнком я не могла. А он думал, что я всхлипываю от боли, и тихо утешал меня.

Каждый вечер я ждала, когда после работы ко мне приедет Игорь. Он приходил, рассказывал мне о версиях нападения, и я делала вид, что во мне тоже кипит жажда отмщения. На самом же деле мне больше всего хотелось, чтобы он

---

[3] Privacy (англ.) – личное пространство.

взял мою руку, прижал её к губам и я бы почувствовала, что
я не одна, что мы – вместе. Но мой муж на такие подвиги
был неспособен, поэтому я молча страдала. Однажды он вошёл в палату, когда я лежала, прикрыв глаза. Что-то заста-
вило меня притвориться спящей. Через марлевую повязку
я следила за его лицом, которое вдруг поменяло своё обыч-
ное волевое и ироничное выражение на беспомощное и рас-
терянное. Сидя рядом, он с ужасом смотрел на меня, качая
головой и по-бабьи прикрыв рот рукой. Через несколько
минут тихо поднялся со стула, зачем-то выстроил в шеренгу
мои пузырьки с лекарствами, поправил мне одеяло и, стараясь не наступать на каблуки, осторожно вышел из палаты.
После этого я целую неделю, вспоминая его взгляд, плакала
от жалости к себе.

***

В зеркале пудреницы даже при тусклом свете салона
самолёта было видно, что под слоем тоника скрывается свежий шрам на скуле, который, наверное, останется со мной
навсегда. Господи, о чём же я тогда подумала? Что-то ведь
было в тот момент, когда раздвинулась дверь лифта. Я ещё
поразилась в ту долю секунды, как не соответствует это что-
то очень хорошее тому, что тогда начало происходить…

Наша московская квартира находится в хорошем рай-
оне Москвы, и всё равно, когда я захожу в наш подъезд, мне
становится не по себе. Вокруг – тишина и зашитые стальны-
ми панелями тамбуры на лестничных площадках. Каждый
раз я тороплюсь как можно скорее открыть свою дверь и
ещё быстрее её захлопнуть.

Когда я зашла в лифт и нажала на кнопку, двери не успели сомкнуться. Между ними возник тяжёлый ботинок на

толстой подошве. Потом был удар в лицо. Кажется, это называется «мышечная память»? Так вот, моя мышечная память хранит до сих пор и тяжесть того ботинка, и соль во рту.

Но, оказалось, я не умерла, и убивать меня, скорее всего, никто не собирался. Итог: множественные гематомы, сломанное ребро, рассечённая скула и вырванная из моих рук сумка с документами, ключами от машины и квартиры, ну и деньгами, которые я сняла в банкомате.

Когда-то я уже была в этой больнице по самому грустному в женской жизни поводу, и на мне практиковались стажёры из Африки. Всё прошло очень неудачно, потом я долго болела дома и думала о том, зачем я это сделала. Помню, как тогда на меня кричала мать: «Ты что, хочешь, чтобы на тебе опять студенты тренировались? Ну, сделай же что-нибудь, или ты снова забеременеешь!»

Она так и не узнала, что по этому поводу мне можно было уже совершенно не беспокоиться.

И вот через много лет я опять оказалась там же. Ко мне приходили какие-то красномордые мужики в белых халатах, наброшенных на ментовскую форму, и, деликатно откашливаясь в кулак, расспрашивали о подробностях.

Лица грабителя я не увидела, оно было скрыто капюшоном и козырьком от бейсболки. С какой стороны браться за это свалившееся на нас несчастье, никто не знал. Меня же больше волновало другое: каковы будут последствия для моей внешности и как теперь заходить в любой московский подъезд.

И главное, как мы можем оставить там Серёжу, которому неинтересно жить с нами за городом. В ответ на мои причитания мой сын только улыбался: ему было не страшно. Тем более, утешал он меня, всё равно он жил не у нас дома, а у моей сестры. Серёжа всегда любил Галкину квартиру с её бардаком, шумом, беспородными собаками и запахом масляных красок. У него там была своя комната и письменный столик, привезённый от моих родителей, за которым моя сестра когда-то делала вид, что учит уроки.

Лёжа на больничной койке и глотая близкие слёзы, я старалась, по совету врачей, думать о приятном, но вместо этого думала о том, что просто так в нашей жизни ничего не происходит и, как утверждает Галка, всё имеет свой, пусть скрытый от нас, смысл.

Ну, например, благодаря этой истории с ограблением, я впервые увидела лицо своего ребёнка в таком необычном для меня ракурсе, и я уже знаю, как это может выглядеть потом, когда я буду лежать на кружевной подушке со сложенными на груди руками.

Кроме того, я обнаружила, что этот замечательный момент может оказаться гораздо ближе, чем я думала раньше. Человек смертен внезапно, вот в чём фокус, так, кажется, сказал Воланд. И к тому дню все наши долги должны быть уже оплачены – так сказала я. А те, что всю жизнь лежат камнем на совести? Что делать с ними? Не знаю.

Да, и ещё: мне удалось подсмотреть, каким может быть лицо моего мужа. А вот этого, наверное, делать не следовало.

* * *

Я припудрила свой шрам и вспомнила, о чём подумала за минуту до нападения: клочок бумаги, наискосок приклеенный к стене кабины лифта, на котором красным фломастером было написано: «Как тревожен этот путь»…

А почему я не договариваю до конца? Потому. Сейчас у меня нет сил. Но я хорошо помню ту далёкую уже ночь, грузовик и кровь на снегу…

ГЛАВА 5

Москва – Брюссель. Взлёт

Ч ерез меня начал пробираться – в туалет, наверное, – сосед у окна. Рыжий мужик, смешной, с узким футляром в руках. Их тут целый выводок с футлярами: оркестр какой-то. Всё бегают друг к другу, никак не наговорятся – через мою голову, между прочим. Сама я всегда выбираю место у прохода, чтобы не ползать по чужим коленкам.

Мужик скоро вернулся с двумя стаканчиками, футляр он прижимал к себе локтем. Попросил подержать стаканчики, пока сам усаживался на место. Когда я попыталась их вернуть, неожиданно широко улыбнулся:

– Один дринк для вас.

– С чего бы это?

– Знаете ли, ситуация подходящая. Я тоже в полёте стараюсь выпивать, хотя на тверди земной делать этого не люблю. А давайте познакомимся? Нам ещё долго лететь и поговорить с хорошим человеком всегда есть о чём.

– А вы думаете, я хорошая?

– Ну, вообще, если честно, я хотел сказать «с красивой женщиной». Но постеснялся.

– А принести мне стакан с виски не постеснялись? Вы для кого его несли: для хорошего человека или для красивой женщины?

– Хороший человек часто красив…

– А наоборот как, получается? Ну вот, я красивая женщина, допустим, и что из этого следует? Что я хороший человек?

– Из этого следует, что нам надо выпить. Коньяк – это то, что вам сейчас нужно.

– Как коньяк? А виски?

– Виски у меня, а у вас – коньяк. Он действительно полезен, тем более когда нервы вздёрнуты.

– А почему вы решили, что у меня они вздёрнуты?

– Давайте выпьем. Меня Марик зовут. А вас?

– Марина Павловна.

Я всё ещё злилась на него, на себя и на коньяк. Но тут к нам подошёл какой-то мачо с пышными усами и, бесцеремонно облокотившись на спинку моего кресла, затеял разговор с Мариком. Из всех слов я поняла только: «Старик, да на хрена нам это нужно», «боковая партия», «как смычком по одному месту». Остальное – недоступные простым смертным профессиональные музыкальные термины, которые перемежались не всегда удачными попытками замаскировать обсценную лексику. Наконец счастливый обладатель усов, многозначительно подмигнув рыжему Марику, удалился. А мой сосед остался расхлёбывать последствия его набега на нашу общую территорию.

– Это что ещё за чудо?

– Ради бога, не обижайтесь. Это Сеня Гайдук, наш контрабасист. Вы «Контрабас» Зюскинда читали? Ну вот, значит, всё понимаете. Так что спишите издержки на трудности профессии. Ему нелегко в прямом и переносном смысле слова. К тому же с главным дирижёром у него отношения чисто какофонические. И третья жена просится на волю, как птичка из клетки. Эх, не судьба контрабасистам быть счастливыми. Вот я – лёгкий человек. У меня инструмент маленький, нежный, требующий трепетного отношения. С ним можно никогда не расставаться, хоть в постель его с собой брать. Я действительно его рядом с кроватью держу – на тумбочке. Вот оно, моё маленькое счастье.

Он приподнял чёрный футляр.

– И как называется ваше маленькое счастье?

– Гобой. Вы помните его звучание?

Господи, да я даже не представляла, как этот гобой выглядит. Знала, что слово есть такое, не более того. Футляр был не очень длинный и узенький, значит, дудка такая.

– Марина Павловна, вам обязательно надо прийти на наш концерт. Знаете, у Баха есть отдельные сольные партии для гобоя. Это так красиво! Однажды мы с моим напарником – вторым гобоистом – чуть не рассорились. Я начал, но чувствую, что играю один, что Гриша должен уже вступить, но почему-то молчит. Ну, доиграл своё в одиночку, потом хочу напарника обложить, извините, конечно, ну, в общем, по матушке. Повернулся к нему, а он слёзы вытирает. Я спрашиваю шёпотом: «Ты что, гад, делаешь?» А Гриша отвечает: «Прости, старик, не смог играть, губы не слушались. Ты так красиво начал…» Вот какой наш инструмент.

Марик вытащил старомодный несвежий носовой платок и стал сморкаться.

Я рассматривала своего соседа. Рыжая борода, длинная шея, узкие плечи, тонкие пальцы. В пролетарской школе, когда он был ещё без бороды, его бы били каждый день. После уроков.

– Марк, а семья у вас есть? – спросила я, уверенная, что спит он в обнимку со своим гобоем.

– А как же! У меня жена замечательная и двое детей. Уже в ЦМШ ходят.

– А что такое ЦМШ?

Марк в изумлении, не веря своим ушам, смотрел на меня.

– Марина Павловна, это Центральная музыкальная школа. Ну, ей-богу, нельзя же так…

– Знаете, не всем же в ЦМШ учиться. Мой сын, например, учился в английской школе. И я тоже не ЦМШ заканчивала, а как раз наоборот – МГУ.

Марик заволновался вместе со своей бородой, которая заходила ходуном над его покрасневшей шеей. Я решила сменить тему.

Но он меня опередил: подозвал стюардессу и попросил ещё один коньяк. Наша дива, удивлённо окинув взглядом меня и рыжего Марка, молча кивнула. И пошла, зараза, крутя широким задом, в подсобку. Хоть бы в проходе застряла, что ли, мне было бы приятно.

– Марина Павловна, как-то нехорошо с ЦМШ получилось. Это профессиональный экстремизм. Или центризм? Мне же кажется, что весь мир существует для того, чтобы была музыка. Вообще-то, мир и есть музыка, только люди её не слышат. Это хорошо понимает мой младший сын. Знаете, мой старший исполняет, а младший – сочиняет. И ещё он рисует музыку.

– А как можно нарисовать музыку? Нотами?

– Нет, он рисует музыку цветом. Он тоже её слышит повсюду. Музыка есть везде. И каждый человек звучит по-своему. Это вибрации его личности, его энергетики. Я это очень хорошо чувствую, только объяснить толково не могу. Вот вы когда сели в кресло рядом со мной, я сразу услышал вашу мелодию… Можно я скажу? Вы не обидитесь? Нет, давайте сначала выпьем. Чудесный повод: за знакомство!

– Угу. Вас тоже с праздничком.

Мимо нас протопал Гайдук. А через минуту он уже просил своего коллегу познакомить его с дамой. Но даме было не до Сени, даме хотелось продолжить разговор с коллегой.

Пришлось подождать, пока нас накормили несъедобным обедом из вечной куры и водянистого риса. Как можно изгадить эти изначально вкусные продукты, для меня остаётся загадкой. Два куска чёрного хлеба и плавленый сырок заменили мне обед. Ещё одним сырком одарил меня Марик. Я подождала, пока мой сосед управится со своей аэрофлотской пайкой, потом был гнусный кофе и, наконец, снова коньяк. Тоже, кстати, не фонтан.

– Ну вот, Марина Павловна, и славно. Теперь можно продолжить.

– Валяйте, просто даже интересно, что там за звуки я издаю.

– Ну зачем вы так? Вы же на самом деле не такая! Хорошо, только, чур, не обижаться. Ах, как бы это сказать попонятнее…

– Да, вы уж, пожалуйста, попроще, так чтобы даже я поняла.

– Зачем вы всё время сердитесь? Ну, хорошо. Я скажу, как чувствую. Знаете, вот есть гитара, у неё набор струн.

И если какая-то струна порвана, то, как ни старайся, музыка не прозвучит, пойдёт фальшак. Вот так и в наших душах...

– А я тут при чём?

– Ах, Марина Павловна, что-то у вас там не в порядке, я чувствую...

– Не звучит?

– Ну так... не очень...

Рыжая борода Марика отклонялась от своей оси то вправо, то влево, голова его покачивалась вместе с бородой. А вот жалеть меня не надо! Привычно начало болеть в том месте, где лично у меня, по моим предположениям, живёт душа. Моя не очень счастливая, не очень совестливая и не избалованная вниманием душа. Марик сидел присмирев, как школьник, который только что сбил с подоконника в классе горшок с геранью и искренне раскаивается в содеянном. Мы выпили ещё и замолчали. Уже не помню, как я начала рассказывать ему ту давнюю историю.

Как после девятого класса со скандалом отправили меня родители на первую смену в пионерский лагерь. Как при посадке в автобусы воспиталка – похожая на непрожаренный сырник Любаня – недовольно объявила, что наш вожатый появится позже, поскольку сейчас сдаёт зачёт. Как он действительно появился тогда, когда мы свои чемоданы уже тащили в корпус. Мягко, на холостом ходу, подкатил к автобусу древний мотоцикл, охнула и заалела румянцем Любаня, сидящий за рулём парень снял шлем, улыбнулся и подмигнул ей.

Как через месяц я рыдала и просила родителей ехать на море без меня и разрешить мне остаться в лагере ещё на две смены. Как прожила я это своё последнее детское лето, как приехала туда маленькой, а возвращалась в Москву в конце августа почти взрослой.

ГЛАВА 6

Dancing Queen

Она была рыжая, тощая и не признавала букву «ё». Все наряды эта оторва шила себе сама. Без выкроек и без намётки, а сразу на машинке. Получалось криво, неаккуратно и шикарно – не знаю почему. Думаю, что, если бы даже на неё надели мешок из-под муки, она и в нём переплюнула бы девиц с их фирменными джинсами.

У неё тоже были штаны – из светлого вельвета в мелкий рубчик, перешитые из мужских брюк, которые достались ей каким-то сложным способом. Она носила их на голое тело, без трусов, говорила, что так нужно. А натягивала их на себя лёжа. И вот так, без трусов, в светлом вельвете, который туго обтягивал её узкую задницу, танцевала по вечерам на виду у всей лагерной общественности только с нашим вожатым.

Тогда я ещё не знала, что боль причиняют именно близкие. Тогда я ещё не знала, что любовь делает человека беззащитным. Тогда я ещё не знала, что это надолго. Или навсегда.

Ирка поехала в лагерь пионеркой, хотя на самом деле давно ею не являлась. Она училась в пошивочном ПТУ, ругалась матом, курила, как она выражалась, «пипиросы» и осенью собиралась посетить «нервопатолога» по причине угнетённого психологическо-эмоционального фона. Её мать определилась в лагерную столовую поваром на всё лето и дочь взяла с собой, так как оставлять её в городе одну, как она охотно всем объясняла, было опасно. До последнего она не могла определиться, что было менее рискованно: устроить ли Ирку в столовую посудомойкой или зачислить пионеркой в старший отряд.

Дочь сама решила этот вопрос, объяснив, что ей нужен полноценный отдых и что мыть на кухне посуду, пока те кобылы, которые почему-то считаются детьми, будут днём плести венки и петь песни из репертуара Юрия Антонова, а вечером ходить на танцы, в которых ни одна из вышеобозначенных кобыленций ни черта не понимает, она не собирается.

Этот вопрос неоднократно поднимался в течение всего лета и часто в моём присутствии. И каждый раз и мать, и её дитя при упоминании о «кобыленциях» почему-то смотрели на меня.

Ирка потихоньку нарушала режим, часто сбегая во время тихого часа в служебный корпус к поварихам и даже прогуливая пионерские линейки. Наш вожатый днём был строг и устраивал ей разносы в присутствии Любани, но вечером всё менялось.

Буйные рыжие кудри, веснушки цвета варёной сгущёнки, которые, набегая друг на друга, пестрели на её лице и руках, капризный рот, узкие ладони, природная, непостижимым образом доставшаяся ей непонятно от кого грация. И фамилия Королева – через букву «е». Потому что она так решила.

Глядя на её уже пожилую мамашу Зинаиду Филипповну, или, как звала её дочь, Зэфэшку, с вечно чумазым полотенцем, повязанным на выпуклом животе, на её большие мягкие руки с глубокими ямками на локтях, невозможно было поверить, что именно она произвела на свет эту похожую на пляшущее пламя девочку.

Я полюбила её с самого первого взгляда и чем-то тоже понравилась ей. Наши отношения определились сразу же: она командовала, а я слушалась. К ней тянулись и дети, и взрослые, а я ревновала её ко всем, включая тех немногих, кому она совсем не нравилась. Её или обожали, или терпеть не могли. Слова «нельзя» она не признавала, разные дурацкие запреты и условности преодолевала легко и с видимым удовольствием.

Всё то, что было так трудно для меня: постучаться лишний раз в комнату к нашему вожатому, пристроиться рядом с ним в кино, засунув ему руку под локоть, – ничего не стоило Ирке. За компотом в обед или чаем в полдник она, делая страшные рожи, под завистливые взгляды пионерок и педсостава, шептала ему что-то на ухо, а он давился от смеха и гнал её на место. Но Ирка знала, что ей, кроме докладных Любани, не угрожает ничего. И кто, в случае чего, будет её защищать, она тоже знала.

Для большого концерта, который давали силами всего лагеря, они готовили свой номер: рано утром уходили в клуб и там репетировали. Ирка ругалась, иногда даже царапалась и лупила своего партнёра и по совместительству нашего вожатого по рукам, а он послушно отрабатывал с ней каждый шаг их коронного танца.

Наконец этот день наступил. Весь день взрослые и дети носились между корпусами и клубом с цветными шарами, папиросной бумагой и музыкальными кассетами. Эти двое попросили их не дёргать и в тихий час ушли готовиться. Когда они, взъерошенные и счастливые, прибежали на полдник, я поняла, что ненавижу их обоих.

– А что у нас случилось, а почему мы такие кисленькие, а почему наши глазки на мокром месте?

Только бы не разреветься. Она была мне противна, и её сюсюканье – тоже. Я быстро шла к беседке, а Ирка, вприпрыжку, как голодная кошка, следовала за мной, наступая мне на пятки.

– Муська, что произошло? Ты ведь меня не разлюбила? Давай к Зэфэшке забежим перед концертом, я хочу у неё мелочи на «пипироски» стрельнуть. По-тихому, чтобы не расстраивать старушку.

– Пожалуйста, делай это без меня. Я такие штучки не люблю и не одобряю.

– Ой, да пожалуйста! Да было бы предложено! Слушай, а тебя кто укусил? Какая собака?

– Какая надо.

Мы ещё долго препирались, потом Ирка начала меня тормошить и вытрясла-таки из меня признание, мою страшную тайну о том, что я не могу спокойно смотреть, как на моих глазах моя лучшая и на всю жизнь самая близкая подруга танцует по вечерам и бессовестно кокетничает днём с моей любовью.

Она начала довольно хихикать, потом равнодушно зевнула, по-кошачьи свернув кольцом острый розовый язычок, и сказала мне:

– Знаешь, когда я была маленькая, я таких, как ты, называла «дуя».

– Что?

– Ничего. Ты, Муська, типичная дуя. Ты же ничего не поняла. Ладно, слушай. Твоего любимого… да не напрягайся ты так… любимого вожатого… я уже посвятила, придётся и тебе, балде великовозрастной, рассказать.

– А ты можешь не обзываться?

– Не могу. Короче, у меня есть парень. Он даже не парень, а настоящий взрослый мужчина. И он обещал сюда приехать – на родительский день.

– Он что, родитель?

– Ну, говорю же, что ты дуя, ясен пень. Он ко мне приедет. Понятно? И я, может быть, вас познакомлю. Только надо сделать так, чтобы его Зэфэшка не видела, а то скандал будет. Она его до трясучки ненавидит. Ты мне поможешь, ладно?

– А как это?

– Ты её будешь отвлекать, вызывать огонь на себя. Ладно, не реви ты, я потом тебе всё расскажу. Так что не нужен мне твой любимый… хи-хи… вожатый, сто лет как не нужен. Вот дуя… Ну, хочешь, я буду его называть не твой, а мой любимый вожатый? Не хочешь? Ну и чёрт с тобой.

Когда я открыла ей свою страшную тайну, а она рассказала мне про своего «мужчину», жить стало легче. Я утешала себя тем, что Ирка для Шведова только лишь «свой парень». Он же её совсем не стеснялся и однажды даже торжественно подарил ей рулон туалетной бумаги. И потом они ещё долго и с удовольствием неприлично острили на эту тему. А ко мне у него было совсем другое отношение, просто он это тщательно скрывает. Господи, ну дай же мне знак, что это так.

Родительский день был жарким и душным. Напряжение в воздухе росло, а мне хотелось одного: чтобы мои мать с отцом и маленькая сестра как можно скорее вернулись в Москву и я могла бы заняться своими делами.

На обед Ирка не пришла, и я поняла, что искать её не надо. Она показалась в столовой в полдник. Под пристальным взглядом Любани взяла меня за руку и, на ходу прихватив две здоровые булки с общего стола, коротко сказала: «Пошли». Так, за руку, мы дошли до самых дальних Лесных ворот. Там под грибком сидел взрослый парень. Узкие насмешливые глаза, крупный нос, ухоженный ёжик тёмных волос, сильное загорелое тело. На нём были надеты трусы, остальная одежда аккуратной стопкой лежала в стороне. Рядом на газете желтела маленькая начатая дыня, из которой торчал нож.

– Вот, Шура, это и есть моя Муська, – торжественно объявила Ирка.

– Привет. Вас действительно Муся зовут? – парень разочарованно смотрел на меня.

– Меня зовут Марина. Здравствуйте.

– Муська её зовут. Я зову её Муська.

– Почему?

– Ей так больше идёт. Разве ты не видишь?

Они говорили, как будто я не стояла рядом, как будто меня не было вовсе. Шура сидел на лавочке, опоясывающей грибок, и тёрся спиной о столбик. Я стеснялась, Ирка злилась, что торжественность момента была упущена. Шура не захотел мной восхищаться, мне он тоже не понравился.

– Хочешь дыню, Муся?

– Не хочу.

– Тогда свободна. А ты не уходи, тебе команды такой ещё не было.

Шура строго посмотрел на Ирку и протянул ей большой кусок дыни. Она угодливо хихикнула и послушно села рядом с ним.

«Это было началом и приближеньем конца», – строчка из любимой маминой песни всплыла в памяти. Как теперь я буду дружить с ней, как буду её обожать? У неё ведь даже фамилия «Королева», и она никогда не ставит точки над буквой «ё». Потому что знает, что она – Королева, безо всяких точек. Потому что таких больше нет, потому что она может и писать с ошибками, и матом ругаться, но всё равно она – необыкновенная. И тут вдруг этот Шура. Зачем он нам? Откуда взялся этот противный носатый парень, почему он смеет её унижать? А она от него всё готова терпеть.

Вечером Ирка смиренно выслушала нотацию от Любани, которая сказала, что если Королёвой неясно, что режим существует для всех, то пускай идёт к матери – тут Ирка, конечно, не утерпела и вставила: «К какой-какой матери?» Да, идёт работать к своей матери в столовую, а Любане такие якобы пионерки не нужны, у неё и так здоровье ни к чёрту.

После отбоя, когда уже все улеглись, Ирка, лёжа на краю своей кровати, дотянулась до меня и нащупала мою руку. Я вырвалась.

– Дуя, – счастливо прошептала она и через минуту уже спала.

Страдание… Тогда я ещё не понимала, что это такое. Это то, от чего глупые – умнеют, маленькие – взрослеют, старые – умирают. Тогда впервые у меня стало болеть в том месте, где, по моему убеждению, живёт моя душа, а у всех других располагается вилочковая железа. Уже взрослая, я проверила у врачей эту самую железу. Она оказалась в полном порядке.

Почему-то я рассказала этому совершенно незнакомому мне рыжебородому Марику, как мы с моей подругой, рыжей, как он сам, и свирепой, как дикая кошка, на рассвете ходили собирать для нашего вожатого малину.

Через дыру в заборе мы тайно покинули территорию лагеря, что было строжайше запрещено и каралось исключением, и добежали до поляны, где зелёные листья прикрывали тёмно-красные ягоды. Малина была тоже совершенно дикая – как Ирка, и очень сладкая. Впрочем, Ирка наверняка тоже была сладкой. Во всяком случае, не удивлюсь, если мужики не отлипают от неё до сих пор.

Мы торопились – надо было успеть до подъёма. Обдирая руки, мы собирали ягоды в маленькую, почти игрушечную корзиночку. Но наполнить её оказалось совсем непросто. Ирка ругалась, проклиная тот день и час, когда она припёрлась в этот дурацкий лагерь, где ей приходится изображать из себя малахольную пионерку, слушаться ещё более малахольную Любаню и дружить с такой идиоткой, как я, которая не нашла ничего лучше, как втрескаться в собственного вожатого и теперь помыкать подругой, заставляя её, стоя по пояс в утренней росе и колючках, собирать этому коню ягоды на завтрак.

И ещё я зачем-то рассказала Марику, как однажды мы с Иркой лежали в тихий час на лужайке далеко за корпусом. Было тихо, мягкая высокая трава щекотала нам плечи.

Любаня отправила нас на кухню для подготовки к отрядному огоньку, но там Зэфэшка, посмотрев на дочь, сказала, что от нас больше вреда, чем пользы, и мы, с охотой проглотив обидные слова, пошли загорать.

Мы лежали на казённом заношенном одеяле под июньским солнцем, и я понимала, что, наверное, это и есть счастье. И думала о том, что это ощущение счастья я обязательно запомню на всю жизнь. Я смотрела на Иркину фарфоровую спину, руки в веснушках и чувствовала к ней огромную благодарность за то, что она взяла меня в подруги.

Ирка, с листом подорожника на носу, лениво отвечала на мои вопросы. Я спрашивала её о жизни, а жизнь об ту пору для меня означала любовь. Я любила свою подругу и знала, что она тоже нежно любит меня, любила наш лагерь с его клубом, столовой и стадионом, любила уехавших без меня к морю родителей и вредную Гальку, наш дом в Москве и свой письменный столик на предательски тонких ножках, который потом перешёл в пользование моей сестре.

И ещё я любила нашего вожатого и знала, что кроме меня его обожают ещё тридцать два человека из нашего отряда плюс с десяток отрядных воспитательниц, включая Любаню, и медсестра Наташка с безукоризненным маникюром алого цвета.

Вокруг нас шла своя незаметная для нас жизнь. Прыгали, заставляя прогибаться травинки, кузнечики, застывали на лепестках цветов простенькие подмосковные бабочки. На ногу мне забрёл большой чёрный жук. В другое время я бы заойкала, запищала, но тут я осторожно стряхнула жука в траву. Пусть себе ползёт дальше по своим жучиным делам. Я его совсем не боялась и, наверное, в тот момент тоже любила…

После того последнего для меня школьного лета наша дружба не закончилась. В Москве мы виделись каждый выходной, ни о чём другом думать я не могла. Родители были в панике, и для того, чтобы выторговать себе эти выходные, в будние дни я усиленно готовилась к экзаменам.

У Ирки был маленький хорошенький магнитофончик Sanyo – подарок какого-то японца. Почему вдруг этот японец решил сделать ей такой подарок, я предпочитала не уточнять. Зато музыка жила с нами всё время.

В старой московской коммуналке, куда отселила мать свою непутёвую дочь, на этажерке рядом с кроватью, по-деревенски высокой и украшенной пышными подушками с тюлевой накидушкой, лежала толстая книга для записей в кожаном переплёте с красивым золотым обрезом. Там Иркиным изящным почерком были записаны стихи. Где подобрала она эти бедные беспризорные строчки, без авторства и названий? Но мы обе знали их наизусть. Я – потому что с детства любила копаться в библиотеке деда и помнила сонеты Шекспира, Цветаеву и Ахматову, а она – потому что ей девочка дала слова списать.

ГЛАВА 7

Москва – Брюссель. Снижение

В конце первого курса университета я уговорила Ирку устроиться на одну смену в наш пионерлагерь вожатыми. Она работала в то время в ателье и городила какие-то странные воздушные конструкции, которые больше напоминали сакральные одежды, чем блузки, платья и прочие унылые предметы женского гардероба советских времён. Заказчицы возмущались, Ирка каждый раз сначала злилась, а потом рыдала. Ей хотелось красоты, а эти глупые тётки требовали ещё и удобства. Дискуссия в ателье обычно заканчивалась тем, что плакали уже заказчицы.

Наступило моё первое студенческое лето, которого я так ждала. Шведов согласился, как он сказал, «на месяц испортить тебе жизнь – только ради нас». В день приезда Ирка объявила мне, что цветы в нашей с ней вожатской будут всегда. На мой вопрос, откуда они возьмутся, она уверенно ответила: «Принесут». Из её огромного драного чемодана на кровать посыпались статуэтки, вазочки, чашечки, салфеточки и даже крошечный коврик для магнитофончика. На стену немедленно был пришпилен рекламный плакат с той, ещё настоящей Пугачёвой. В той комнате нас поселилось трое: Ирка, Пугачёва и я.

Вечерами, уже после отбоя, в коридоре долго раздавался перестук босых пяток по полу: это наши дети никак не хотели засыпать. Каждая палата ждала к себе в гости Королеву или Шведова. Но где-то ждали и меня, и я этим очень гордилась.

Вопросы, часто шёпотом, из темноты, на которые нужно было отвечать честно или не отвечать совсем, потому что больше всего в таком возрасте люди ценят искренность. Я была ненамного старше наших пионеров, но им казалось, что я уже знаю то, чего ещё не знают они.

Когда наконец в корпусе наступала тишина, мы с Иркой возвращались в свою комнату и, лёжа в постели, слушали Фаусто Папетти, глядя, как покачиваются занавески в открытом окне, за которым томилась летняя ночь. На подоконнике в большой стеклянной банке действительно всегда стоял какой-нибудь веник, который Ирка называла цветами. «Миллион, миллион, миллион алых роз из окна, из окна видишь ты», – почему-то шёпотом начинала Ирка. «Я наравне с другими хочу тебе служить, от ревности сухими губами ворожить...» – тоже шёпотом отвечала я ей.

Шведов и Ирка работали на одном отряде. У них были общие пионеры, общие заботы и интересы. Они на ухо рассказывали друг другу похабные анекдоты, стреляли друг у друга сигареты и часто после отбоя обсуждали в нашей комнате отрядные дела. Ирка в застиранном халате накручивала волосы на здоровенные бигуди, чтобы распрямить свои кудри, мазалась на ночь кремом и между делом ругалась со своим коллегой по педагогической работе. Делала она это совершенно по-семейному, а я в это время тихо сидела под портретом Пугачёвой (Ирка повесила его над моей кроватью, чтобы самой видеть его всегда) и старалась понять, как можно при этом человеке ходить в папильотках и ругаться такими словами.

Ирка, ещё на положении «пионерки», не позволяла никому, даже Любане, обращаться с собой как с ребёнком. А я, даже став студенткой, всё ещё не могла привыкнуть к тому, что могу на равных сидеть за столом и выпивать вместе с другими на её дне рождения.

К этому событию я готовилась заранее. Ещё в Москве я нарисовала её карандашный портрет: тонкий, с крошечной горбинкой профиль, яркий рот, длинные зелёные глаза, сильно раздвоенный подбородок, упругие волосы тёмно-ржавого цвета и острые плечи.

Ей надо было родиться наложницей в средние века и возлежать на бархатных подушках в опочивальне какого-нибудь султана. А она зачем-то родилась в совке и работала в ателье через дорогу от своего дома.

К портрету прилагались мои же стихи. Нет, не вспомню, не вспомню уже ничего. Слишком много сил потратила на то, чтобы их забыть… «Когда я думаю о Вас, мой нежный друг, кокетства ас, То чувствую, я Вас люблю, Вы – словно парус кораблю»… Тогда зачем до сих пор живут во мне эти строчки?

Праздник начался сразу после подъёма. Поначалу мы ставили цветы в банки. Они стояли на подоконнике, на столе, потом на полу. К обеду я ставила вёдра с цветами в коридоре и думала о том, что никогда на мой день рождения не пришли бы меня поздравлять ни эти дети, ни взрослые, ни наш истопник Матвеич.

Моя подруга и моя любовь были поглощены пионерами, которые гордились своими вожатыми, и все вместе они с удовольствием играли в игру под названием «Мы – самые лучшие». Той компании, о которой я мечтала, у нас не получилось. Последние дни работы в лагере я хотела только одного – поскорее вернуться в Москву.

И мы вернулись. Когда через час всех детей разобрали родители, настало время разъезжаться и нам. Мы стояли с чемоданами у ног, Ирка держала под мышкой свою драгоценную «Саню», из которой была слышна тихая мелодия из фильма «Профессионал», та самая, что способна в ремни располосовать то ли вашу душу, то ли вашу «вилочковую железу», то ли вас самих. Шведов курил, я рассматривала облака: проверенный способ не дать слезам пролиться. Тишину взрыло решительное Иркино: «Значит так, едем ко мне!»

Ничего особенного. Опять качалась занавеска в открытом окне, играла музыка, мы устроились на продавленном диване и больше молчали. На столе стояли кружки из какого-то серого и шершавого материала, больше похожего на глину, украшенные изречениями «Не красна изба углами, а красна пирогами» и «Хлеб всему голова». Шведов вздохнул и предложил Ирке дополнить «эту коллекцию фамильного фарфора» чашечкой с надписью «Волос долог, а ум короток». И тут же получил от неё шлепок. А потом они начали хохотать о чём-то своём, что вспомнили одновременно. Чтобы не видеть этого, я отвернулась к стенке, где висели часы, уговаривая стрелки начать отсчёт времени в обратную сторону.

Чаще мы встречались втроём, но иногда Ирка и Шведов виделись отдельно от меня. У них были свои отношения, которые они особенно и не скрывали. Я делала вид, что ничего особенного в этом не было. Иногда мне казалось, что было бы легче, если бы у них был роман. А им просто было хорошо вдвоём, в то время как я, с одной стороны, и Шура, с другой, изнывали от ревности. Впрочем, Шуре было легче: он ревновал только Ирку.

О летней жизни мы вспоминали по-разному: Шведов скучал по своим пионерам, Ирка тосковала по своему успеху и ждала зимних каникул, а я перебирала свои прошлые обиды, о которых никому не хотела рассказывать.

Теперь уже она уговорила меня поехать в лагерь. Я досрочно сдала сессию, и в конце декабря мы снова оказались в той же вожатской. В этот раз у нас с ней были общие пионеры, которые, конечно же, ещё с лета помнили свою Королеву. Все сразу же начали готовиться к встрече Нового года. Ирка была в своей стихии: праздник, блёстки, мишура и любимое занятие наших детей – тайные ночные посиделки со свечой – под музыку и разговорами о жизни. Оказалось, что Ирке не так уж был нужен Шведов, она и без него отлично справлялась.

Она была поглощена жизнью наших детей, а мне было всё равно. Я ехала в лагерь только ради них – этих двоих, а роль вожатой мне не особенно нравилась. И сама себе я тоже не нравилась.

Художники знают, что цвета работают только в сочетании друг с другом. Так и я сама по себе, может быть, была вполне ничего. Мне только не следовало находиться рядом с такими, как она. Я всё время проигрывала, Иркин цвет забивал мой собственный.

В последний день декабря к нам в гости приехал Шведов. Сначала взрослые веселились вместе с пионерами, а эту парочку под общие аплодисменты заставили станцевать их знаменитый танец. Они стояли посреди большого круга, обнявшись, как старые товарищи. Но, собственно, так оно и было.

Я тоже изображала изо всех сил, что мне весело, пока под музыку и смех не ушла из клуба. В нашей вожатской всё уже было приготовлено для встречи Нового года. Ирка украсила комнату еловыми лапами, нарисовала на окнах огромные снежинки. На столе в столовских тарелках лежал гастрономический дефицит, который она явочным порядком утащила из стратегических запасов своей Зэфэшки. Помню, был там какой-то напиток зелёного цвета. Он пах мятой и тем уже далёким летним днём, когда мы лежали на траве и меня переполняла любовь к окружающему миру. Я нашла в Иркиных кассетах «Happy New Year» Аббы. А плакать я начала ещё до того.

Больше мы в пионерский лагерь не ездили. Что-то потом пошло не так, что-то в наших отношениях изменилось. И пришлось мне признаться самой себе в том, что рядом с Королевой я всегда буду второй и всегда буду мучиться. Номер её телефона в своей записной книжке я сначала вычеркнула, а потом для верности замазала чёрным фломастером, хотя понимала, что это бесполезно. Я помню его до сих пор…

Марик сидел, прикрыв глаза, и только по движению его библейской бороды можно было понять, что он меня внимательно слушает.

– Вы хотите сказать, что с тех далёких пор в вашей жизни ничего лучше не было?

– Я хочу сказать, что мне тогда было хорошо.

– А как же ваши слёзы и тайные страдания?

– Никак. Всё равно мне тогда было хорошо. И не спрашивайте меня почему.

– Вон, кстати, наш главный идёт. Он, вообще-то, бизнес-классом летает, но сейчас вышел к народу – пообщаться. Он всегда так делает.

По проходу шёл, внимательно оглядывая пассажиров, знакомый по телевизору человек с детским сморщенным личиком и с заранее приготовленной тёплой улыбкой на лице. Я отвернулась к окну. Пусть искренне улыбается другим.

– А интересную историю вы мне рассказали. У меня перед глазами стоят эти картинки: как вы с Иркой ночью шёпотом поёте, как малину в корзиночку для своего «коня» собираете, как она с подорожником на носу в траве лежит, вижу плечи эти острые, спину фарфоровую... А волосы у неё как моя борода цветом были?

– Да, тоже тёмно-рыжие.

Марик с удовольствием поскрёб подбородок.

– Ах, какая женщина... Что ж вы её не удержали?

– Ну а я вам мужчина, что ли?

– Я бы ни за что не упустил...

– Ну вот, я так и знала! Вы же её даже ни разу не видели!

Он, наверное, услышал в моём голосе слёзы. Господи, какой стыд! Я – взрослая, знающая себе цену женщина – опять наступаю на те же изъеденные временем грабли…

– Оставим эту тему, Марина Павловна… – теперь Марик говорил со мной, как с тяжелобольной. – Вы, наверное, ждёте от меня каких-то умных слов. Но, увы, я не психотерапевт, а музыкант. Я могу слышать, а вот объяснить причины того, что слышу, наверное, не смогу. Ну, разве что по-человечески, просто от разумного. Скажите, у вас недавно что-то произошло? Какая-то большая неприятность?

– Вы что, это тоже слышите?

– От вас идут просто сигналы бедствия, такой SOS волнами расходится.

– От меня эти сигналы всю жизнь идут, просто никто их не слышит. Вы – первый.

Иногда мне кажется, что я не живу. Жизнь проходит мимо меня, она рядом, но она обтекает меня, как будто я невидимый предмет.

– Но вы ведь не одиноки?

– Есть всё. Для счастья есть всё. Мама, слава богу, жива, сын, муж, сестра, собака.

– Что же вам мешает быть счастливой?

– Не знаю.

– А чем вы занимаетесь?

– В основном, знаете ли, дурака валяю. Перевожу с английского за очень небольшие деньги и пишу сценарии – это уже совершенно бесплатно. И делать по моим сценариям фильмы никто не берётся. Говорят, «труднопостановочные» – в одно слово. Это как трудновоспитуемые подростки бывают, вот и мои детки такие же. Вот недавно рассказики начала писать, тоже никому не нужные, но мне

они нравятся. Вообще же, мне действительно что-то мешает. Может, я своё сочинительство за то и люблю, что там всё
по-другому. И я там другая. Там я чувствую вкус…

— Вкус чего?

— Жизни. Тот, который нам знаком с детства.

— А как ваш «любимый вожатый»? Что с ним стало?

— Не знаю, не исключаю, что они поддерживают отношения, даже уверена в этом. Они были очень привязаны
друг к другу.

— А какой он, можете описать?

— Зачем?

— Ну, интересно всё-таки представить мужчину, который столько лет вас не отпускает.

— Почему это вы так решили? У меня есть муж, ребёнок, мои родные, творчество, наконец. У меня для счастья
есть всё!

— Вы уже говорили об этом. Марина Павловна, милая,
не горячитесь вы так. Иметь для счастья всё и быть счастливым – это немножко разные вещи. Вы не находите? Ну, не
хотите рассказывать – не надо. Оставим и эту тему.

— Нет, ну почему же, пожалуйста. Как бы это покоро-
че сказать… В нём уже тогда чувствовался мужик – сильный, добрый, заботливый. И в нём было то тепло, которого
женщинам хронически не хватает. В общем, ему дано было
любить. И каждая из нас мечтала, чтобы его любовь доста-
лась бы именно ей. Это было очень заметно. И только Ирка
с ним просто дружила.

— А какие у него были руки? Это чрезвычайно важно!

— Большие, и ладони широкие…

— Ну, знаете ли, руки у мужчины должны быть чуткие,
нервные…

Марик оскорблённо затряс бородой, раздвинул свои тонкие белые пальцы и с удовольствием посмотрел на них.

– А про вашу рыжую неужели вы так ничего и не знаете?

– Знаю кое-что, но это отдельная дурацкая история. Я даже рассказик об этом написала: «Флорентийские колокола. Посвящается дурам».

– А почему это «посвящается дурам»?

– Потому что она дура. Через несколько лет вдруг позвонила мне и сказала, что Шура её, оказывается, втихую женился на итальянке и отбыл во Флоренцию.

– И?

– И спрашивала, что ей делать.

– А вы?

– А я ей посоветовала принимать афобазол. Он не вызывает привыкания.

– Добрая вы…

– Какая есть.

Я надулась и стала смотреть в окно. С той стороны в салон самолёта заглядывала неподвижная бесконечность. Да, совсем забыла: мне же давно уже положено бояться! И я залпом допила доставшийся мне в знак дружеского расположения коньяк.

Зачем мне рассказывать Марику, как я обходила стороной телефон, как хотелось мне позвонить, а ещё лучше – немедленно помчаться к ней. Я представляла, как она лежит на своей высокой кровати с тюлевой накидушкой, согнувшись пополам, как лежала она тогда, после больницы. Я знала, что ей очень больно. Но я также знала, что если я выйду на связь, то всё начнётся сначала и мне опять придётся жить в Иркиной тени. Я не смогу отодрать себя от неё во второй раз. Поэтому мне нужно затаиться, чтобы тихо исчезнуть из её жизни. В каком-то смысле мы с Шурой оказались удивительно похожи.

На паспортном контроле мой сосед вежливо мне кивнул, я сделала вид, что его не заметила. Сеня Гайдук на прощание широко улыбнулся, и я помахала ему рукой.

ГЛАВА 8

Ванька

Вот и хорошо, что этот дурацкий полёт закончился. Чёрт меня дёрнул откровенничать с этим бородатым козлом. Добился-таки своего, залез в душу.

Хватит об этом. Прошлое куда-то ухнуло, будущее ещё не наступило. Надо жить настоящим. Хотя, может быть, пора, наконец, себе признаться, что те два человека – действительно мой приговор, мой пожизненный obsession[4]?

Марик прав: уверенность, что «для счастья есть всё» совсем не предполагает обязательного наличия этого самого счастья. Но сейчас я его и не ищу, или, правильнее было бы сказать, моё представление о нём изменилось. Наш загородный дом стал тем местом, которое примирило нас с мужем со многими неудобными обстоятельствами общего прошлого. Здесь жизнь идёт совершенно по-другому, здесь рядом с домом сосны, а под окнами трава. Здесь не хочется ссориться и думать о плохом.

---

[4] Obsession (англ.) – наваждение.

Игорь полюбил заниматься немудрёными делами на участке, сам стрижёт траву и завёл собаку – здоровенную немецкую овчарку. Когда он садится на корточки, наш Ванька кладёт ему лапы на плечи, сдерживает дыхание и старается не шевелиться. У мужа в такие моменты я замечаю на глазах слёзы.

Любят ни за что, просто потому что любят. Любят, даже если ненавидят. Я это хорошо знаю. Ванька моего мужа просто любит. В отсутствие Игоря наш собак кладёт свою огромную башку на передние лапы и часами лежит в ожидании. Он готов простить мужу и это ожидание, и огромную утеплённую конуру, которую терпеть не может и которую Игорь, к своему собственному изумлению, сделал для него сам.

Оказывается, животные могут многое изменить в нашей жизни. Вот появился у нас Ванечка – маленький, беспомощный, смешной. Я помню тот вечер, когда муж привёз его в спортивной сумке. Помню, как через минуту щенок из сумки вылез, отряхнулся, осмотрелся и тут же описался. Я молчала, не понимая, что вообще происходит.

– Что это всё значит? Игорь?

– Щенок. Теперь он будет жить у нас.

– А со мной ты посоветоваться не хотел?

– Не хотел.

– Да? А почему, интересно знать?

– Потому что ты найдёшь сто одну причину.

– Господи, ну сделай же что-нибудь. Он же сейчас ещё и обкакается.

– Не волнуйся, он уже: в машине. Его ещё и вырвало там.

– И как же мы теперь жить будем?

– Хорошо будем жить. Лучше, чем раньше.

Он взял щенка на руки, прижал к себе и поцеловал его между ушей.

Я поднялась в спальню и от души хлопнула дверью. Ковёр наверняка теперь испорчен, что делать с собакой, я понятия не имела. Но самое неприятное было то, что Игорь сделал всё втайне от меня, а ведь мог бы, например, преподнести это как сюрприз. И я, пусть не сразу, оттаяла бы. Он не стал ничего мне рассказывать, потому что был уверен: я от щенка категорически откажусь.

Почему-то я никогда не вспоминала его рассказы о том, как в детстве он мечтал иметь собаку. Даже портрет её себе нарисовал и под стекло на письменный стол положил. Как собрал целую коллекцию открыток с разными породами, как завидовал своему однокласснику, который жил в отдельной квартире и у кого собака была.

Господи, ну почему я такая сука? Почему я никогда не задумывалась о том, что и у Игоря тоже было своё детство, что у него тоже есть свои потаённые желания и несбывшиеся мечты? И что ему тоже нужна любовь. Вот такая, очень простая, безусловная собачья любовь.

Наверное, если бы он чувствовал, что я принимаю его со всем плохим и хорошим, что он для меня всегда лучший и единственный, что я готова простить ему всё, если бы он был избалован моей любовью и заласкан моими руками и губами, он был бы другим. И жизнь наша тоже сложилась бы совсем по-другому.

И, наверное, мы вместе поехали бы за щенком, и на обратном пути Игорь вёл бы машину, а я на заднем сидении держала на коленях этого собачьего малыша с

ласковым человеческим именем Ванечка. И это была бы
ещё одна маленькая счастливая страница в нашей жизни.

Но эту страницу я выдрала из книги нашей общей жизни сама. Её нет. Настроение самое гнусное, Игорь вни-
зу возится с ковром и пытается устроить щенка на ночь. Я
сижу наверху и делаю вид, что мне всё равно. А на самом
деле мне жалко Игоря, жалко щенка, жалко себя, ведь не такая уж я мегера. Ну, согласилась бы я, если бы он меня попросил. И чёрт с ним, в конце концов, с этим ковром.

Ванька и его три брата в месячном возрасте остались
без матери, щенков срочно пристраивали «в добрые руки».
Никто не хотел связываться с грудничками: их надо было
выхаживать, а это, скажу я вам, хлопотное дело.
    Я продержалась два выходных дня. Демонстративно не
замечала, как Игорь кормит щенка из соски и как учит его
ходить в туалет. Щенок плакал, от детского питания отказы-
вался, писал под себя и всё время мёрз.

В понедельник, когда Игорь ушёл на работу, я нашла на
кухне рецепты и распечатанные инструкции, что делать с
этим горем. Конечно, мой муж, как и все мужики, ничего в
этом деле не понимал и вообще всё делал не так.
    Щенок лежал на подстилке и добросовестно, всем те-
лом, трясясь. Когда я взяла его на руки, он тут же стал искать
носом, куда пристроиться. Зарылся мордой мне под мышку
и вжался в мою грудь. Он ещё дрожал, но уже не плакал.

...Таблица получилась понятной и доступной даже
Игорю. Шесть медикаментов и витаминов в столбик, когда
принимать и сколько – по горизонтали. Последний столбик

– примечания по кормлению. Теперь наша собака будет лечиться и питаться по науке. Я ходила по дому с щенком на руках и думала о том, что сделаю всё, чтобы эта малявка с мокрым носом была в нашем доме счастлива.

Вечером Игорь после очередного перерыва вернулся в нашу спальню. Щенок тут же начал карабкаться на наше условно супружеское ложе, через минуту я сама подхватила его под живот и положила между нами.

Вместе с Ванькой мы прошли большой путь. Наш щенок вырос и научился понимать нас с полуслова, гулять ходил только за забор, оберегая наши клумбы, конуру свою ненавидел, а Игоря обожал. Говорят, что эта порода не для дома, но представить, что он будет ночью один, где-то на улице, совершенно невозможно.

Моя сестра не могла упустить случая встрять: «Вот, Мака, был у тебя один немец, а теперь – два», – изрекла она тогда почему-то торжествующим тоном.

ГЛАВА 9

Ахматова

В Брюсселе жизнь шла своим чередом. Писающий мальчик продолжал свой скорбный труд, толпы туристов
всё так же упорно искали на близлежащих улицах писа-
ющую девочку. А в общих предбанниках городских туалетов
уже вполне взрослые мальчики стояли у писсуаров и зани-
мались примерно тем же, что и их знаменитый маленький
собрат. По первому разу напрягает, потом становится как-
то всё равно: их муниципалитету виднее.

Я ходила по большой городской площади, застав-
ленной поддельным антиквариатом из Китая, и искала
что-нибудь для души. Но душа демонстрировала норов
и несговорчивость, и ничего для неё я не высмотрела.
Бесконечные вазы и каминные часы, настольные лам-
пы и пастушки не вызывали желания поселить их в моей
спальне.

Зашла в магазин поблизости. Он был похож на лав-
ку старьёвщика: ходить нельзя, можно пробираться боком. На втором этаже неожиданно для себя вытащила
из-за древнего комода старую картину. Сквозь слой пыли
можно было различить желтоватый фон и полуодетую

женщину на бордовом диване. Чёрная чёлка, горбатый профиль. Боже мой, неужели это Ахматова?

«Бензина запах и сирени, Насторожившийся покой… Он снова тронул мои колени Почти не дрогнувшей рукой».

Или ещё, я же помню! «О, как сердце моё тоскует! Не смертного часа ль жду? А та, что сейчас танцует, Непременно будет в аду»…

Да. Непременно будет в аду…

Через две минуты я уже стояла на первом этаже перед продавцом.

– Mais non, madam! C'est pas Okhvatova[5]!

– Ахматова. Русская поэтесса.

– Я очень сожалею, мадам, но это портрет неизвестной, писал его наш соотечественник в начале сороковых.

Ну, конечно: Ахматова, Модильяни и забытая в ворохе хлама бесценная картина… Смешно.

Но портрет не отпускал, он хотел, чтобы я его купила. Через пятнадцать минут я тащила на себе упакованную картину и пугала прохожих стихами, которые бормотала на ходу. Оказывается, они всё время жили во мне, оказывается, я помню их. И всё остальное – тоже.

На главной «обжорной улице» Rue des Bouchers я заказала луковый суп и мидии. Суп принесли в керамическом горшке, запаянном толстым слоем сыра. Мидии были в огромной круглой миске. Я ела не торопясь, и почему-то меня радовало всё, что я видела вокруг себя.

---

[5] Mais non, madam! C'est pas Okhvatova! (фр.) – Нет-нет, мадам, это не Охватова!

В моём самом любимом фильме, поставленном моим самым нелюбимым режиссёром, есть финальная сцена: вечер пятый, Тамара Васильевна сидит и ждёт Ильина. Он уже уехал, об этом ей сказал племянник Славик, это видела смешная Катя, об этом же ей сообщил Трофимов. Все отметились, а она всё равно ждёт. Сидит, руками в диван вцепилась, и ничто не может сдвинуть её с места. И Ильин возвращается. А она даже не удивляется, потому что она знала. И постепенно чёрно-белое окружение обретает цвет.

Мне казалось, что пространство вокруг меня тоже обретало цвет. Боже мой, сколько жизни вокруг меня, а я её не замечаю.

И почему так грустно смотрит в свою тарелку вон та – с хорошим маникюром и уложенными волосами – старуха? Может быть, она вспоминает, как когда-то была здесь не одна, а с любовником, и они в очередной раз решали, что так жить больше нельзя и нужно наконец расстаться. А потом вставали из-за стола и, взявшись за руки, шли на улицу, понимая, что всё равно не смогут этого сделать и что им ещё долго придётся мучить друг друга.

А может быть, когда-то она привела сюда своего пятилетнего сына, и они долго выбирали, что такого вкусного взять. И когда её малыш уронил на пол своё красивое пирожное и заплакал, старуха эта, тогда без уложенных волос, тогда ещё молодая, заказывая своему ребёнку новый десерт, думала: как хорошо, что в её силах помочь ему в его маленьком детском горе. И её мальчик был тогда счастлив, а теперь ему сорок лет, он страдает от хронической депрессии, много пьёт и помочь ему не могут даже врачи…

А вот пара. Напоминают подростков, а на самом деле давно взрослые. Одинаковые стрижки, одинаковые шарфы, обмотанные вокруг шеи, одинаковые рюкзаки. Сидят, ждут свой суп, разговаривают. Но главное происходит под столом. Там их ноги переплелись, там у них – любовь.

Рядом с моим столом стоял упакованный в бумагу портрет. Значит, я тоже была не одна. Через два дня мы с «Ахматовой» перебрались в Вену.

На мой взгляд, в венских кондитерских круассаны в миндальной стружке лучше всего запивать густым, горячим какао. А потом, отдохнув после первой очереди удовольствия, можно переходить, например, к марципанам, но уже с кофе. О талии и джинсах, находящихся в постоянной и унизительной для каждой стороны зависимости друг от друга, в эти минуты лучше не вспоминать.

Венский шницель – это, как мне кажется, не еда, это часть местного фольклора. Поэтому я сосредоточилась на более изысканных кулинарных шедеврах. «Карп по-сербски» – это то, что должен попробовать человек, приехавший в Вену лечить свою вселенскую хандру, синяки и накопившееся раздражение от себя самой и своего ближайшего окружения.

Мне нужны были положительные эмоции, я за ними сюда и приехала, я заслужила… Думать, чем же я заслужила такое, было хлопотно. Поэтому я вспомнила, что человеку не нужно заслуживать своё маленькое, отдельно взятое личное счастье. И оправдываться мне было не в чем и не перед кем.

Но портить себе эту поездку подобными размышлениями я не хотела, и потому, гуляя по магазинам вдоль Мария-хильферштрассе, конечно же, стала думать именно об этом.

Когда случается что-то хорошее, человек обычно считает, что это не просто так, а потому, что он это заслужил, что это ему награда за всё пережитое, и ещё потому, что силы небесные находятся с ним в особой, отдельной от всех прочих связи. Поэтому счастливые перемены в жизни мы воспринимаем как подтверждение своей собственной богоизбранности, о которой мы-то сами всегда подозревали, просто никому не рассказывали.

Примеряя совершенно непригодные для Москвы бежевые замшевые сапоги, которые продавались со здоровенной скидкой, я пришла к выводу: на все счастливые перемены в нашей жизни мы смотрим как на закономерное подтверждение нашего безусловного права на это счастье. Всё плохое воспринимается как несправедливость или, в лучшем случае, как ошибка судьбы. Главное, чтобы эта ошибка не носила системный характер.

Благословенный город, с нешуточными имперскими амбициями, доставшимися тебе от прошлого, и такой уютной атмосферой сегодняшних дней, как хорошо, что я оказалась на твоих улицах! И как хорошо, что я была не одна, что в номере меня ждала «Ахматова».

В Москву я вернулась с надеждой, что в моей жизни всё ещё наладится. Ведь силы небесные видят, что это было бы справедливо. Тогда я ещё не понимала, что справедливость – это исключительно субъективное понятие и что у каждого она – своя собственная.

ГЛАВА 10

Ангел легкокрылый

Сегодня в семь утра позвонила моя сестра и сказала, что хочет увидеться со мной. Это означает, что день пропал. Ну что же, надо готовиться: летает она на своём здоровенном внедорожнике даже по нашим дорогам, как легкокрылый ангел по заоблачной выси. Будет второй завтрак, обязательно. Ей же не нужно следить за сантиметрами и килограммами. Это я вечный заложник борьбы за свою красоту.

В детстве наши отношения не складывались, слишком разные мы были с самого начала. Когда появилась сестра, для меня рухнул мир. Подозреваю, что своим рождением она обязана родительской неосторожности. Мама, скорее всего, не ожидала такой подлянки от своей репродуктивной системы. Короче, просмотрели они, потом затянули с решением, а потом уже стало поздно.

В детстве она была беленькая, льняная девочка. А потом выросла и стала как отстиранная в отбеливателе. Красок почти нет, ресницы прозрачные, волосы слишком светлые, тоже почти бесцветные, руки-ноги как вермишелинки.

А черты лица остались детскими – широкий мягкий нос, широкий рот, почти круглые забавные глаза… Наш последыш.

Мужчины начали на неё реагировать, когда она была ещё школьницей. Я много раз думала, почему она им так нравится. И потом поняла, что её внешность задевает, наверное, их самые чувствительные и потаённые струны. Мужчины её вожделеют не только как взрослую женщину – она, мне кажется, будит в них какие-то гумбертовские комплексы, прости господи. Она для них одновременно и взрослая, с которой можно, и девочка, с которой нельзя, и от этого ещё больше хочется.

Короче, Галка наша получилась испорченной девицей. И поди ж ты, ведь и ей тоже нравились не одноклассники, их она вообще не замечала. С четырнадцати лет ей стали нравиться совершенно взрослые мужики.

Я помню, как однажды нам позвонил какой-то дядька и с сильным акцентом попросил к телефону Галю, которая как раз отбывала повинность на дополнительных занятиях по алгебре. Родителям к тому времени про свою младшую уже всё было ясно: они готовились к худшему. Когда мама услышала незнакомый сочный баритон, она поняла, что неприятности гораздо ближе, чем можно было себе представить. В тот же вечер она отправилась на романтическое свидание вместо своей дочери. У входа в кинотеатр её ждал плотный волосатый красавец по имени Гамлет.

Эту историю наша мать рассказывала много раз и в лицах: как она подошла к тому типу со спины, как взглядом многоопытной женщины и обладательницы мужа, который регулярно ходил на сторону, прикинула, чего можно ожидать её непутёвой дочери от такого знакомства, как, придав своему голосу возможную волнующую глубину и интимность интонации, сказала в широкую спину:

– Добрый вечер, Гамлет…

Мужик оглянулся:

– Ви кто?

– Я – Галя. Почти что.

– Какой Галя?

– Такой Галя. Вы по телефону звонили? Свидание назначали? Вот я и пришла на будущего зятя посмотреть. А Галя, видите ли, маленькая у нас ещё. Так что пока я за неё. Ну что, пошли в кино? У нас какой ряд? Надеюсь, последний?

Гамлет в кино идти отказался. И в милицию идти тоже не захотел. Мама рассказывала, что никогда не думала, что взрослые люди с избыточным весом могут так быстро бегать.

Мужчин, которые шли по стопам Гамлета, было много, и нам всей семьёй приходилось отгонять их от нашего ангела, чтобы она не пала раньше времени. Но отцу с матерью на тот момент было ясно, что на небесах про нашу чертовку всё уже было прописано в деталях.

К учёбе моя сестра рано потеряла всякий интерес, она рвалась во взрослую жизнь.

Вступительные экзамены в ветеринарную академию Галка провалила, но горевала недолго. И вскоре торжественно объявила моим бедным родителям, что это всё не беда и что есть хорошая специальность – водитель такси. Заодно и машину водить научится. Думаю, что свой первый инфаркт наш отец заработал именно после этих её слов.

Она очень хотела быть самостоятельной. И поэтому, пока мы искали ей преподавателей для подготовки в пединститут, отнесла свои документы в педучилище. Ей засчитали тройки, полученные на экзаменах в академию, и зачислили на дошкольное отделение. Родители понадеялись, что там, среди девочек, она будет в относительной безопасности, и сдались. Скоро Галка уже выгуливала малышей на детской площадке, а всех родителей профессионально называла «мамашами и папашами». Да, к сожалению, там были и папаши. То есть оказалось, что острота проблемы снята не была.

Моя сестра давно уже не так молода, как кажется. Но у неё всё такой же по-детски мягкий нос и большой рот, который охотно, при первой же возможности, расползается в улыбке, джинсы на тощей заднице и почётный первый номер наверху. За что её до сих пор любят мужики – непонятно.

Из детского садика она уволилась много лет назад. Все её бывшие мужья, каждый по очереди, готовы были кормить и одевать свою бывшую жену даже после развода, а она, несмотря на это, начала свой оригинальный бизнес. Ну, не любит моя сестра лёгких решений. Галка стала расписывать деревянную мебель, а потом – всё, что попросят.

Началось с того, что однажды она припёрла с помойки домой большой старый сундук. Ошкурила его, прогрунтовала и нарисовала на его стенках и крышке фантазию на тему какого-то там жития святых. Не знаю, как это правильно назвать, но ангелы её были ужасно трогательные и все, как один, похожи на саму Галку.

Иногда мне бывает стыдно перед нашими родителями. Они всю жизнь ездили на работу полтора часа на метро в один конец, в обеденный перерыв мать бегала по магазинам в поисках продуктов, вечером с сумками возвращалась домой. Отец тоже изо всех сил старался для своих «девочек», как он называл нашу женскую троицу. Но ему всё время мешали бабы, а отказать им он не мог. Галка пошла в него.

Наши с сестрой жизни нельзя сказать, чтобы так уж удались, и родителям в этом смысле особенно гордиться было нечем. Младшая теперь уже надолго одна, это точно. Но, правда, хорошо зарабатывает, заказов хоть отбавляй, опять же бывшие мужья почему-то её не забывают и регулярно подкидывают вспомоществование.

Старшая дочь – это я. Для мамы я Манечка, а для Галки – Мака. Моя сестра с детства называет меня только так. С моим именем «Марина» «Мака» не имеет ничего общего, так как это производное от «макака»: в детстве Галка тоже не очень любила меня.

Я уже давно привыкла к этому имени, и оно мне даже нравится. В нём я слышу отзвук нашего детства, тем более что про первоисточник никто, кроме нас с сестрой, не знает.

У меня жизнь тоже сложилась, на мой взгляд, не лучшим образом, но с Галкой мне не по пути. Я пошла не в папу, а, скорее, в маму. Тайны мироздания для меня открываются не через половые органы, я, что называется, не по этой части.

Додумать про себя я не успела. Галка прилетела ещё быстрее, чем я ожидала. У ангелов своих, наверное, научилась. Загремели ворота, зарычал её звероподобный внедорожник, залаял в восторге Ванька, дом наполнился ароматом дорогих духов. И я перестала злиться.

У моей сестры, как только она переехала ещё к первому мужу, всегда жила какая-нибудь живность. У неё лечилась галка (с маленькой буквы) с подбитым крылом, живёт попугай, конечно Кеша, без лапки, собаки и кошки выглядывают изо всех углов её квартиры. Сейчас она привезла с собой маленькую Жулю – хитрую, умную, кудрявую, неопознанной породы собаку. Жуля и Ванька начали носиться по снегу, а мы с Галкой уселись на кухне.

Ну и зачем она припёрла эти эклеры? Мы с детства любили их больше всего. Раньше они были длинненькие, плотные, немножко хрустящие, а крем там был по всей длине. Это по нынешним воровским временам начинку туда почти не кладут. Ну, ладно, в конце концов, один раз в жизни можно. И какая уже разница – одно или три? Они же совсем маленькие...

Десять пирожных ушли до обидного быстро. Поэтому мы открыли плитку чёрного шоколада и заполировали всё маминым малиновым вареньем.

Вот за это я Галку просто ненавижу: она сидела, положив тонкую ножку на острую коленку другой ножки, и прозрачными пальчиками запихивала в большой рот столовую ложку с вареньем. Глаза её весело круглились, нос от улыбки расползался в стороны. Она опять была похожа на ангела со своих росписей – только не на печального, а на весьма довольного жизнью.

– Ладно, хватит жрать, давай рассказывай, – сказала я, демонстрируя свою отстранённость от этой оргии, которую позволила себе, конечно же, под Галкиным давлением.

– А что рассказывать?

– Ну, не чаи гонять ты сюда приехала?

– Ну, нет, в смысле да... В общем, у меня новость.

– О Боже, у тебя все новости на одну тему. И кто он?

– Он – областной кукольный театр.

– Чего?

– Мака, мне предложили сделать декорации к их спектаклю. Расписать задники сцены и переднюю стенку. Представляешь? Им нужны мои ангелы. Мне позвонил их главный и сказал: «Галина Павловна, нам нужны ваши ангелы». Детям нужны и взрослым, потому что они – это добро и свет, потому что они – это тоже дети. Потому что я – похожа на них.

– Это они похожи на тебя.

– Хрен с ним, пусть они похожи на меня. Знаешь, что он ещё сказал?

Галка сделала паузу и на нервной почве поскребла ложкой по дну банки.

– Он сказал, что главную куклу они хотят лепить тоже с меня. Им нужны круглые глаза, нос носопыркой, рот – от уха до уха и что-то светленькое и жиденькое на голове. Чтобы смешно было.

Галка торжествующе посмотрела на меня. По-моему, она ждала оваций.

– Галочка, тогда точно с тебя лепить будут. И к бабке не ходи.

Галка растроганно улыбалась. И действительно была похожа на ангела – того самого, смешного.

– Молодец, умница. Как творческий процесс в целом? Заказы, кроме этих кукольников, есть?

– Да. Полно́! Знаешь, я хочу, когда разбогатею, открыть собачий приют. И ещё кошачий.

– А ты подумала, что с ними будет, когда ты старой бабкой станешь? Не век же тебе в джинсах и на шпильках шкандыбать? За животных нужно нести ответственность, так же, как за людей, милочка моя. Или ты решила никогда не стареть и жить вечно?

– Нет, вечно не получится, а долго, думаю, да. У меня же позитивное видение мира. Такие долго живут, нам в эзотерическом центре объясняли. Я уже придумала, что я сделаю, когда стану старушкой: буду брать к себе таких же старичков – звериных, конечно. Согрею их старость и сама провожу их до радуги. Ты хоть знаешь, что собаки по радуге уходят? И кошки, думаю, тоже… Я буду с ними до последнего, буду держать их за лапы, чтобы им страшно не было… А когда сама помирать буду, передам тех, кто меня переживёт, надёжному человеку. Алику, например, моему первому. Он хороший человек, добрый.

Галка уже вошла в образ, скрючилась и выставила челюсть вперёд. Что-то и впрямь старушечье появилось в ней. Но тут она совершенно по-школьному шмыгнула носом, начала тереть кулаком глаза и испортила такую интересную картинку.

Я решила, от греха подальше, сменить тему.

– Ну, не дают тебе покоя ветеринарные лавры. Ты лучше скажи, кто там у тебя из интересных заказчиков сейчас? Опять Рублёвка?

– Да, есть пара клиентов с Рублёвки, один ничего – адвокат, богатенький, жена молодая, бэбик, нянька, всё как положено. А другой – редкий козёл. Ударился в православие и говорит мне, что у меня не библейские ангелы. Я ему объясняю, что мои ангелы – это дети с крыльями. Они плачут и смеются, они просятся на ручки, их надо защищать и любить. А он мне опять своё: рисуй шесть крыльев и чтобы всё прилично и без шалостей. Я ему предлагаю: давайте лучше я их вообще без крыльев нарисую. А хотите, нарисую просто крылья? И у каждого крыла будет свой характер и судьба.

Галка опять шмыгнула носом от полноты чувств:
– Я о них в последнее время очень много думаю.
– О клиентах?
– Об ангелах.

Она дуя, как когда-то говорила Ирка Королева. Наш последыш. Но я понимаю, что без неё и без её глупости моя жизнь была бы намного беднее.
– Как твой зоопарк?
– Ой, отлично! На той неделе позвонили, на дороге брошенный метис бультерьера сидит. Его хозяева к столбу привязали, сволочи, и сами уехали. Записка на ошейнике: «Зовут Октан. Привит».
– А чип?
– Они что, дураки? По чипу хозяев мигом можно отыскать. Чипа нет. Зато собака есть. И теперь с ней всё будет в порядке.
– Ты что, его к себе взяла?
– Ну, взяла… просто на передержку. Хотя он такой хороший, просто очень несчастный. Я Юрку попросила, чтобы он сегодня с ним посидел. Ну и всю остальную мелюзгу чтобы покормил.
– Юрка – это твой третий?
Я прекрасно помнила, что он был четвёртый муж. Вредная я всё-таки баба. И завистливая.

– Да какая разница? Знаешь, они теперь все мне как братья. Я как-то совершенно по-другому к ним относиться начала. Не как к мужьям.

– А жёны их нынешние тебя не раздражают?

– Особенно нет. Две девчонки вообще мне нравятся. Мы даже немножко дружим. Они меня про своих расспрашивают, я им советы даю, как с ними лучше уживаться. Хотя главный мой совет, знаешь, какой?

Галка улыбнулась, рот разъехался от уха до уха, нос расползся по щекам, и она опять стала похожа на своего весёлого ангела.

– Главный мой совет, только я им об этом никогда не скажу… Так вот, главный мой совет: не ходите, девки, замуж. Вообще. Сами свою жизнь обустраивайте, сами за себя отвечайте. Это так здорово! Ну кто бы мне позволил кота и собак держать? И ещё Кешу? И разве бы начала я рисовать, в смысле писать? Я ведь, не смейся, пожалуйста, почти настоящий художник. Я уже документы в Союз художников подала. Ну и главное – я сама зарабатываю. И распоряжаюсь своими деньгами, как хочу.

Я заглянула в банку. Никаких признаков варенья там не наблюдалось.

– Ну, хорошо, ты всё сама. Не считая твоих мужей, которые тебе всю жизнь помогают. Ладно, не будем об этом. А я вот всё не сама. У меня всё – муж. И я за ним, как сама знаешь, в каком месте. Ржать не надо, пожалуйста. Но скажи мне, что у нас ценится больше? Собственные женские завоевания или удачный брак? Ну ведь сколько бы одинокая баба ни билась, сколько бы наверх ни карабкалась, всё равно её будут жалеть.

Потому что важнее быть замужем, чем сделать свою карьеру. А самое хорошее – это сделать карьеру мужу. Потом и сама можешь ползти по этой лестнице вверх. Если ноги не переломаешь.

– Конечно, я всегда знала, что живу не так. А ты у нас – образец для подражания. Семья, дом, творческая работа – как бы. Слушай, Мака, скажи честно, тебе твой Мориц ещё не осточертел? Столько же не живут. Во всяком случае, не живут вместе. Да и работа твоя – что-то непонятное: я имею в виду творчество. Ты хоть один сценарий продала? Или хотя бы книжку?

– Ну всё, ты меня разозлила. Сиди теперь тихо и слушай. Любовь-морковь меня давно перестала интересовать, для меня гораздо важнее другие радости. И потом, у меня есть зависимость. Да не пугайся ты так: это не героин и не водка. Это зависимость от статуса. Ужас как звучит, но это правда. Разные дурочки, типа тебя, думают, что, научившись зарабатывать или сделав карьеру, они получают этот самый статус. А на самом деле его способен дать только мужчина. Статус мужика всегда будет цениться выше, чем статус любой одинокой женщины. А статус жены такого мужика будет цениться ещё выше, чем его собственный. Здесь как бы кумулятивный эффект срабатывает.

– Чего-чего?

– Потом объясню. В школе надо было хорошо учиться. Так вот, без мужа все наши личные завоевания будут вызывать немножко зависти, а всё остальное будет море жалости. Знаешь, как приятно жалеть бабу, которая сама всего добилась?

– Ага. Про статус поняла. Ты ещё не сказала, что только мужчина способен придать женской жизни необходимый смысл.

– В общем, да.

– В общем, нет. Уж это я знаю лучше тебя.

Ну, вот и поговорили…

Мы пошли гулять. Собаки бежали впереди нас, поминутно оглядываясь и проверяя, тут ли мы. Галка, выставив губы вперёд, выдыхала морозный воздух, глядя на облачко пара, которое каждый раз принимало разные формы. Боже мой, какая же она балда. Надо будет как-нибудь съездить в ту задницу, где ей предложили спектакль оформлять. Интересно всё-таки.

– Мака, скажи, ты папу вспоминаешь?

– Да. Часто. Знаешь, в молодости он был такой красивый! Ты это время не застала.

– Как ты думаешь, они с мамой были счастливы?

– Нет. Но они прожили замечательную жизнь.

– А разве так может быть? Я, сама знаешь, если что, сразу вопрос ребром.

– Так может быть. Сейчас я понимаю, как сильно она его любила. Ты знаешь, я иногда ей завидую: ей это было дано. А нам с тобой – нет.

– Это почему это «нам с тобой»? Мне дано.

– Ну да, так дано, что на пятерых хватило.

– Не сметь! Это моя личная драма.

– Галка, драма может быть, если любишь одного и всю жизнь. Как наша мама.

– Как ты думаешь, неужели у неё, кроме нашего отца, никого не было?

– Думаю, нет. А вообще-то, это не наше дело. Она любила, причём не козла какого-нибудь, а нашего папу. Я бы сама в такого влюбилась. Но сейчас таких не делают. Масштаб личности не тот.

– Ну, твой Мориц – не худший вариант. Нормальный мужик, со всеми присущими …

– А ты откуда знаешь, какие там у него «присущие»?

– Да с моим опытом это невооружённым глазом видно, понятно тебе, детка? Но ты не расстраивайся. Они все примерно одинаковые. Других, как ты выражаешься, сейчас не делают. И масштаб личности действительно уже не тот.

Мне стало обидно. Одно дело, когда жалуешься на своего мужа сама. И совсем другое, когда кто-то в твоём присутствии смеет замахиваться на святое.

– Меня и его личность, и её масштаб вполне устраивают. Мало кто из наших знакомых сумел добиться того же.

– За это я его уважаю. Я за другое его не уважаю.

– Да? За что же?

– Сама знаешь, за что. Не люблю, когда на Москве женятся. Хотя это всё уже мхом поросло, старая история. Я это ему уже простила.

– Ну, слава Богу, главное, что ты простила. Теперь я за своего мужа могу быть спокойна.

– Не злись. Ты же понимаешь, я тебе скажу то, что никто не скажет. Даже мама.

– А зачем ты мне это говоришь? Ты думаешь, я сама об этом не думала? Неужели ты не понимаешь, что я этот крест буду нести до гроба? И никогда, никогда не получу ответа на свой вопрос.

– Конечно, не получишь, потому что не хочешь. Хотя, может быть, ты и права, может быть, самое умное – это как раз какие-то вопросы оставить без ответа. Зато у тебя есть муж, сын, статус, который тебя так волнует. Ты свою семью сберегла, ты её вырастила. А у меня – ангелы и мой домашний зоопарк, хотя я свою мелюзгу очень люблю.

– Но ты же сама только что мне говорила, что жить надо свободно и независимо.

– Ну, говорила. Все так говорят. Мака, прости меня, это я по своей стервозности тебя мучаю. Знаешь, обидно видеть, как у других получается то, что у тебя никак. Это мои комплексы кусаются.

– А я думала, что комплексы у меня.

– А у тебя какие?

– Ну ты что, не понимаешь? Тебя твои мужья любят даже после развода. А как бы Игорь ко мне относился, если бы мы расстались? Не думаю, что занавески ездил бы со мной выбирать. Ты успешная, вон в Союз художников вступаешь. Самостоятельная, независимая. Молодая, в конце концов.

– А мне кажется, что это ты успешная. Чтобы одного мужика всю жизнь рядом держать, много чего нужно.

– Ну, ты же понимаешь, что Игорь держится не только за меня. Я – всего лишь небольшая часть его мира.

– Ты – это часть вашего общего мира. Вы этот мир вместе построили. Вот он за него и держится. И потом, сейчас, когда он так поднялся, поменять тебя на какую-нибудь «Алису в стране чудес» ему совсем несложно, и если он этого не делает, значит, не хочет.

– А почему Алису?

– Не знаю. Они почему-то все или Алисы, или Кристины. Или Анжелы. И запомни, салага: ни один мужчина не будет жить с женщиной, которая ему не нравится. Даже если не любит – это ещё не так страшно, многие живут без любви – и ничего, обходятся. Но если она не нравится, то тогда хана, Бобик точно сдох. Это мы, женщины, можем, что называется, сообразно обстоятельствам…

– Это ещё каким обстоятельствам?

– Ты что, Мака, не знаешь, как это бывает? Когда «закрыв глаза и стиснув зубы», потому что для дела нужно? Ты что, никогда свои проблемы подобным образом не решала?

– Пока Бог миловал…

– А… Ну, тогда ты ещё более безнадёжна, чем я думала: обычная старая дуя, как твоя Королева говорила. Кошёлка!

Галка ткнулась холодным носом в мою щёку и громко, со всхлипом вздохнула:

– Мы не будем больше ссориться? Ладно? Ты меня простила?

– Нет.

– Почему?

– Потому что ты сама дуя. Поедешь со мной в Америку?

ГЛАВА 11

Полёт

Если раньше в женских журналах вас интересовал раздел «Красота», а теперь вы стали изучать раздел «Здоровье», вам пора проводить внутри себя беседы на тему «Не хочу быть молодым!». В молодость мне, по ряду причин, и вправду возвращаться не хочется, но и старость пугает. Я вижу, как время уплотняется, схлопывается, растворяется и отслаивается от меня, и я не успеваю за ним. Вообще же, когда ты можешь сказать о себе «это было тридцать лет назад», жизнь приобретает новое качество.

Что на сегодняшний день осталось такого, что заставляет мою душу тихо плакать от необратимости потерь? Остались мои воспоминания. А что у меня будет в сухом остатке? О чём я буду думать, прежде чем полечу по тому тоннелю, в самом конце которого люди видят неизъяснимо прекрасный тихий свет? Я знаю, как это бывает, я уже летала…

Когда стажёры из «Патриса Лумумбы» практиковались на моей несчастной женской утробе, я пробовала улететь. В операционной мне положили на лицо чёрную резиновую маску и скомандовали дышать как можно глубже.

Я сразу начала вдыхать воздух и помню, как он со свистом проходил в мои лёгкие. Я добросовестно дышала и не знала о том, что кран для подачи эфира эти весёлые говорливые ребята открыть забыли. Я дышала, но заснуть не могла.

И тут из меня вакуумом начали отсасывать то, что могло стать моим ребёнком. А я всё дышала и надеялась, что вот-вот эфир начнёт действовать. В какой-то момент я закричала и сорвала с себя маску.

…Тоннель был похож на изогнутую трубу пылесоса, гофрированную изнутри и плавно изгибающуюся по мере моего движения к свету. Всё вокруг было знакомо, как будто я там летала уже не раз, и это узнавание было мне приятно. Я думала о тех, кого оставила в прежней жизни, и понимала, что нужно обязательно рассказать обо всём им – тем, кому такой полёт ещё только предстоит.

Очнулась я в реанимации. Ту бригаду стажёров отстранили от работы, что-то там было с ними ещё, какой-то скандал и большие неприятности у главврача.

Потом я тосковала по той трубе, по тому, как хорошо мне было тогда, и жалела о том, что не успела долететь до конца тоннеля. Выздороветь у меня не получалось, я худела, мне было не под силу встать с постели, и главное чувство, которое в то время я испытывала, было глубочайшее равнодушие к жизни. Не плохо и не хорошо. Идеальный баланс.

Врачи говорили, что у меня потеряна воля к жизни. Мама тихо плакала на кухне, Серёженька подолгу смотрел на меня испуганными малышовыми глазами, Игорь привозил домой каких-то светил от медицины, а мне было всё равно. Зачем я это сделала? У Серёжи мог появиться младший брат, который бы гордился своим старшим. А старший бы любил и опекал своего младшего, и им уже не грозило бы одиночество потом, когда нас бы не стало. Или же это могла быть девочка, когда-то я же так хотела иметь дочку. Но её не будет. И всё, что ещё недавно жило внутри меня, стало называться «биологический материал». Мог бы быть человек, а получился «материал». Я хотела наказать Игоря, а наказала себя. И тех детей, которые никогда не родятся.

Когда однажды мать при мне взялась убирать нашу квартиру, я не могла оторвать взгляд от гофрированной трубы пылесоса. Какой это был чудесный полёт... И свет – тихий, ровный свет...

Через два месяца Серёжа заболел скарлатиной, и до меня дошло, что я не имею права оставлять ребёнка и всех своих родных. Я снова начала жить, но тот полёт не забуду никогда.

А почему я не договариваю? Почему боюсь вспоминать всё до конца? Потому.

***

...Я нашла в Иркиных кассетах «Happy New Year» Аббы, а слёзы лить я начала ещё до того. В клубе веселились наши дети и вместе с ними взрослые, а я сидела в нашей вожатской и занималась своим любимым делом – оплакивала себя и злилась на Ирку и Шведова.

На следующий день выяснилось, что я успела не только поплакать, но и перепробовать все напитки и закуски: съесть не съела, но всё понадкусала, вернее перепортила.

Где-то к обеду я проснулась и тут же пожалела об этом. Выяснилось, что Шведов уже уехал в Москву, Королева, против обыкновения, ходила грустная, дети после бессонной ночи отсиживались по палатам. Я горела от стыда.

Второго января, когда мы укладывались спать, Иркина постель вдруг заалела огромным кровавым пятном. Мы молча смотрели, как оно становилось всё больше и темнее. Пока я металась с полотенцем в руках по комнате, не понимая, что нужно делать, Ирка ругалась страшными словами и просила меня бросить, наконец, полотенце и бежать за врачом.

Её увезли на лагерном грузовике, потому что «скорой» мы так и не дождались. С ней поехала наша медсестра. Прощаясь, Ирка прошептала, что никому ничего сообщать нельзя, особенно Зэфэшке, обняла меня и расплакалась. Машина, с трудом набирая ход, тронулась с места. На снегу остались глубокие отпечатки колёс и тёмные пятна крови.

Я осталась с детьми, которые так любили свою вожатую, – несложно догадаться, которую из нас двоих. Рассчитывать особенно было не на кого, и я поняла, что сейчас для них главным человеком на время зимних каникул стала я.

Мы придумали вечер пародий на нашу лагерную жизнь и юмористический показ мод, конкурс на самое смешное короткое стихотворение и самого элегантного снеговика. Дети были заняты и каждую минуту подбегали ко мне с вопросами и своими идеями. Я старалась помогать им как могла и писала вместе с добровольцами сценарии наших будущих представлений.

Через несколько дней нам объявили, что в лагерь Королева по состоянию здоровья не вернётся. Все уже знали и про беременность, и про выкидыш – медсестра постаралась.

Я осталась в нашей комнате, заполненной Иркиными картинками, вазочками, какими-то зимними веточками и нашей музыкой, одна. По вечерам я включала всё ту же песню Аббы, тосковала по своей любимой подруге и радовалась, что рядом со мной её нет. А также мечтала о том, чтобы сюда опять приехал Шведов.

Я очень не люблю вспоминать эти зимние дни. Капли крови, которые на следующее утро я присыпа́ла снегом, Ирку со своими взрослыми секретами, моё одиночество в нашей общей комнате, которое мне так понравилось.

Шведов действительно приехал. Дети тут же утащили его к себе, но после отбоя мы долго сидели вдвоём в моей опустевшей вожатской. Я не верила своему счастью: впервые у меня была возможность побыть с ним наедине, так чтобы мне не мешала моя подруга. Но он томился и со всей возможной деликатностью пытался выяснить, что же, собственно, произошло и где её искать. Я поначалу многозначительно отмалчивалась, давая понять, что то, что случилось с Королевой, никогда бы не случилось со мной. Потом не выдержала и начала говорить. Вот тогда-то я и предала её в первый раз.

Она вернулась – за два дня до окончания смены. Приехала в толстых шерстяных рейтузах и с ворохом марли.

– Муська, я хочу быть с тобой, мне так лучше. Матери потом ничего не говори, ладно?

– Какой? Моей?

– Осподя! Дуя! Ну при чём тут твоя мать? Хотя твоей тоже не говори.

Ирка почти не выходила из вожатской и лежала, согнувшись пополам. Рядом с кроватью стояла ведро, на которое она время от времени садилась. Дойти до туалета у неё не было сил.

– Из меня дрянь какая-то всё время выходит, ты извини. Главное, пионеров сюда не пускай, ни под каким видом! Сволочь этот Шура, скажу я тебе. А других баб мужья с цветами встречали, сама видела: ну, типа, пострадали-то из-за них. Я там с одной девчонкой познакомилась, она своего тоже всё ждала-ждала – и тоже напрасно. Ей в Москве ночевать негде, так что я ей ключ от комнаты отдала, она потом под коврик его положит, как раз к моему приезду.

– А ты не боишься? Незнакомого человека к себе домой… А вдруг упрёт что-нибудь?

– Муська, какая же ты всё-таки тупая! Ну, подумай, что там у меня можно упереть? В этом смысле мне бояться совершенно нечего. Помоги мне подняться. Боже мой, как же всё болит…

– Ира, а что теперь будет?

– Ничего не будет. Я – живучая. Полежу тут, а послезавтра в Москву поедем. Мне главное, чтобы Зинка ничего не узнала, а то сожрёт ведь и косточками моими не подавится, зараза. Ты знаешь, а я ведь там чуть не улетела…

– Куда?

– Туда. Это как на санках по какой-то трубе несёшься. А в конце трубы – свет, там – счастье. И никто никого не обижает, и все друг друга любят…

Через Иркины слёзы просвечивали веснушки. И казалось, что слёзы её тоже рыжие. Он плакала и тосковала по тому, что объяснить не умела.

Свой полёт по гофрированной трубе я совершила в той же больнице. И не исключено, что на том же столе.

ГЛАВА 12

Маленькая Луна

Про тот магазин русской книги я слышала ещё в Москве: знаковое место, все наши знаменитости там перебывали. Я представляла большой зал, стеллажи из светлого дерева и огромные окна, через которые виден Манхэттен и льётся солнечный счет.

– Вот, пришли, – тяжело переводя дух, сообщил Ла́заревич.

Узкая крутая лестница вела на второй этаж. Над облезлой дверью висела самодельная бумажная вывеска: «Russian Bookstore»[6].

Хозяйку магазина звали Лана. Немного старомодного образца деликатная вежливость и усталость, которую не могла скрыть улыбка.

– Вы уж, пожалуйста, извините меня. У нас внучка родилась, которую ночь не сплю, обычная проблема – животик…

– Поздравляю, Ланочка! Замечательное событие! Давай-ка быстренько фотокарточку показывай!

---

[6] Russian Bookstore (англ.) – магазин русской книги.

– Да что вы, Алекс, какая фотокарточка! Вот, на телефоне можно посмотреть…

Торговый зал был длинным и узким. Вдоль стен на стеллажах много классики, литературоведения, современных писателей – из хороших. Слава тебе, Господи, без глянца, без вечных советов «Как выйти замуж за миллионера» и прочих «улиток под дождём». Конечно, и Донцова, и Устинова там присутствовали. А с другой стороны, куда нынче без них? Не всем же Петрушевскую и Седакову читать.

– Наверное, скоро закроемся: устала. Аренда стоит неподъёмных денег, да и читают бумажные книги всё меньше, только «старики» и спасают нас. Я имею в виду не возраст! Вы, конечно, понимаете, Алекс?

– А я, Ланочка, по-любому себя в старики ещё не записываю! А что же тогда, душа моя, вы имеете в виду?
– Я говорю о наших старых читателях-покупателях. Они столько лет ходят сюда, знаете ли, как в церковь.

Я осмотрелась.
– Лана, а где же у вас проходят чтения?
– Мы стулья ставим, скамейки приносим, кто-то на полу сидит, кто-то на подоконниках. А кто-то даже за дверью на ступеньках устраивается. Нормально.

Как только я представила людей, сидящих на полу и на подоконниках, зал сразу же показался мне огромным. Стало страшно.
Хозяйка магазина, видно, поняла меня:

– Да вы не переживайте, так бывает, только если наши знаменитости приезжают.

У меня отлегло от сердца. Хорошо, что я не знаменитость.

– И потом, вы же не одна выступать будете. У меня ещё два автора приглашены, хороших, между прочим.

– Мариночка, ни о чём не беспокойтесь, мы соберём людей, всё будет в лучшем виде. Афишки готовы, всё уже по электронной почте разослали. И на Фейсбуке организовали мероприятие, можете посмотреть. Народ отреагирует, это точно. Вы из Москвы, так сказать, свежак, заодно расскажете людям, как там.

– Да там хорошего совсем мало, Александр Лазаревич…

– Алекс, просто Алекс! Ну что вы так по-советски! Я, как из Первопрестольной уехал, сразу стал Алексом. И знаете, это замечательно! Мы здесь отчества совсем не употребляем.

– Понятно. Ну так вот, я не знаю, о чём рассказывать. Там плохо, хотя, возможно, просто я так вижу. Муж мой, например, вполне доволен.

Я чувствовала, как застарелая злость поднимается в душе. Это был вопрос, которого мы оба старались не касаться.

– Нет, Мариночка, вы не ошибаетесь. Там действительно всё нездоро́во. Это, знаете, как киста на корне зуба. Внешне вроде более или менее, но только тронь, и такое начнётся!

– А вы думаете, начнётся?

– Обязательно. Страна больна, и ещё серьёзнее, чем в моё время, когда я уезжал. Не устаю небеса благодарить: самое правильно решение за всю мою жизнь.

– А не тянет туда?

– Нет. Все мои домашние и дружки молодости давно здесь. Одно тревожит, и с этим приходится жить: могила родителей, это очень тяжело. Езжу в Россию только ради них. А у дома своего бывшего на Сущёвке никогда не бываю. Та жизнь ушла, а нынешняя Москва – такая чужая…

– Да, я тоже это чувствую…

– Ну вот, Мариночка, время и место вы уже знаете. А что читать будете? Определились?

– Да у меня выбор небольшой. Хочу кое-что о нашей жизни там.

– А может, что-нибудь ностальгическое?

– Посмотрим.

У зелёного фонаря, по которому здесь только и можно было заметить спуск в метро, мы расстались. Лазаревич пошёл вниз по крутой лестнице, крепко держась разбитыми пальцами за перила и часто останавливаясь. Было понятно, что хотя он и «Алекс», но уже старый, и ноги у него никуда не годятся. На минуту стало его жалко, но потом я подумала, что жалеть надо тех, кто не уехал, как он, а остался «там». Здесь у него юридический офис, практика, медицинские страховки на все случаи жизни и дом в пригороде. Дела уже сыну передал, а сам на покой ушёл. Теперь каждый год с женой в круизы плавает, искусством интересуется, литературный журнал издаёт. А машина, говорит, в гараже стоит – за ненадобностью. Вот сейчас на электричку сядет, через двадцать минут будет на своей станции, а оттуда бесплатный автобус прямо до дома его довезёт. Им муниципалитет, видите ли, всё оплачивает.

**

Всё началось года три назад. Сначала были его осторожные рецензии на мои тексты, которые я, замирая от страха, под другой фамилией выставляла на знаменитом литературном сайте. Потом мы начали переписываться, и я узнала, что мой новый знакомый издаёт свой сетевой журнал, поэтому первая моя публикация появилась не в России, а в США. Сей факт поверг меня в изумление и чрезвычайно вдохновил. Дальше всё было не так уж сложно. Длинный список журналов и веерная рассылка под многообещающим заголовком «Авторское предложение». Кто-то не отвечал вовсе, кто-то писал, что очень жаль, но неформат, а где-то мои работы брали. В конце концов, Лазаревич, узнав, что я вместе с мужем и сестрой собираюсь приехать в Америку, взялся организовать выступление «нового интересного автора» перед нью-йоркской читающей публикой.

Я шла по Манхэттену. Китайцев вокруг было больше, чем в Китае. А девки тут какие-то странные: на дворе скоро Новый год, а они во вьетнамках по улицам бегают, а если сапоги, то часто резиновые и почему-то на голые ноги. А вон мужик толстый в шортах пошёл. Чудеса.

Пятая авеню… Сколько же ног её исходило. Как хорошо, что здесь никто ничего не переименовывает, что эта Пятая авеню уже сто лет Пятая и никогда не будет называться в честь какого-нибудь очередного параноика или изувера. Очень трудно жить там, где улицы, проспекты и переулки названы в честь убийц, насильников, карателей, доносчиков и террористов. Идя по городу, который спустя неделю должен был стать моим воспоминанием, я очень хорошо это понимала.

Передо мной шла пожилая парочка – два трогательных кузнечика. Они ковыляли, крепко держась за руки и помогая друг другу на переходах. Скоро они вошли в какую-то дверь. Рядом висела небольшая табличка: «Museum of Sex».

Отовсюду был слышна музыка и какой-то весёлый перезвон. Это Армия спасения собирала рождественские пожертвования. Красные ведёрки, нарядные ёлки в кадках, разноцветные фонарики на ветках, а рядом – подмороженные волонтёры с золотистыми колокольчиками в руках.

И над всем Манхэттеном знаменитый припев: «Feliz navidat, feliz navidat!», «Мы желаем вам счастливого Рождества»… Интересно, а если бы этих «спасателей» с их колокольчиками, музыкой и ящиками для пожертвований да на наши улицы?

Вечером Галка предложила достойно отметить наш второй день пребывания «в этом заштатном городишке».

– Слушай, Мориц, давай руки в ноги и дуй до ближайшей забегаловки!

– Мадам, увы, «до ближайшей» не получится.

– Почему это? На лифте долго ехать? Я через дом супермаркет видела!

– Молодец. Но, во-первых, у них «на раёне» винище продают не в супермаркетах, а исключительно в отдельно стоящих «ликёрках». И отпускается алкоголь только лицам старше двадцати одного года. Так что, если ты вдруг в своих драных джинсах и без документов туда припрёшься, можешь в полицию загреметь. А во-вторых, я не собираюсь распивать в полевых условиях на троих. Для этого существуют бары.

Игорь посуровел лицом и добавил:

– Я же всё-таки цивилизованный человек.

– А мы? – хором спросили мы с сестрой.

– А вы, девки, натягвайте свои набедренные повязки, кольца в нос, младые перси оголить и каждой в руки по опахалу. Будете там за мной ухаживать, мух отгонять. Я же у вас один на двоих. И, Галина, специальное пожелание к тебе. Сними ты свои джинсы. Забудь про них до утра, лучше занавеской обернись.

Галка не стала спорить. Она сняла джинсы и надела платье. То есть на её языке это изделие называлось платье, хотя это был свитер. Он был ниже талии, но выше той загадочной линии, которую модные журналисты зовут «линия бёдер». Короче, тощий Галкин зад это как бы платье не прикрывало. Мои новые легинсы и её ботфорты спасли ситуацию.

– Слушай, а ты что, готова была вот так, с голым задом, в люди идти? – Игорь, кажется, уже забыл, что он «всё-таки цивилизованный человек».

Сестра с сожалением посмотрела на себя в зеркало.

– В своих мемуарах я назову это «вечер упущенных возможностей». Да! Была готова.

Мы могли бы выйти из двери нашей гостиницы и войти в другую, по соседству – ирландские пабы там на каждом шагу: благородная деревянная обшивка, полумрак и тёмное пиво, если пожелаете. Ну и все остальные питейные заведения – тоже в ассортименте и на каждом шагу.

Но мы не хотели лёгкой победы. И потому не прошло и часа, как мы сидели на тридцать четвёртом этаже в симпатичном помещении, где кроме нас потягивал пиво разный корпоративный люд. Была пятница, святое дело: «TGIF», – объяснил Игорь. Галка понимающе кивнула.

– Да ты хоть знаешь, что это такое?

– Естественно, это забегаловка такая американская. У нас в Москве их полно. Жрать невозможно, сплошной канцероген.

– Сама ты канцероген. Серость! Это пословица такая у них: «Thanks God, it's Friday»[7]! Забегаловка... – Игорь возмущённо пожимал плечами. – А знаешь, что это ещё означает? Ты же на работу не ходишь, так что внимай: в офисах в этот день мужикам можно без галстуков приходить, а девицам – как ты, в джинсах. Вся Москва давно уже знает...

Ну вот, мой муж задвигает мою сестру, как первоклассницу. Родственная солидарность подсказывала мне, что можно было бы и его тоже осадить. Про «TGIF», между прочим, я ему рассказала, давно ещё, в командировке.

А с другой стороны, приятно было, что Галку по носу щёлкнули. Ей это полезно.

Я испытывала смешанные чувства. Сочувствие и злорадство в отношении каждой из сторон конфликта смешались и образовали взрывоопасный коктейль имени меня.

Выпили, как водится, за «успех безнадёжного дела», имея в виду моё грядущее выступление. Я представила людей, которые отменят свои дела, чтобы прийти послушать меня, и мне стало страшно. Что я им скажу? Что я неудавшийся сценарист, неважная жена и «никакущая», как

---

[7] Thanks God, it's Friday! (англ.) – Слава Богу, сегодня пятница!

говорила Ирка Королева, подруга? Что писать я начала потому, что мне некуда было деть то, что копится внутри? А некуда было деть потому, что некому рассказать…

Муж – нет, не те у нас отношения, между нами слишком много недоговорённого, слишком много взаимных претензий и раздражения. Если мы начинаем упрекать друг друга, то остановиться нам сложно. Галка – хороший человек, но говорить с ней о своей жизни я не хочу. Её отставание по возрасту как младшей сестры интересным образом накладывается на её явное опережение в решении личных проблем, и мне есть за что иногда на неё злиться. Серёженька – отпадает, потому что не умею я говорить откровенно с собственным сыном. Да и неинтересно это ему… Мама. Мамочка моя. Никогда и ничего я тебе не рассказывала. Потому что любила тебя и всегда буду любить.

Королева. Она бы слушала, как я жалуюсь и рассказываю ей про свои обиды, подперев голову возмутительно узкой и длинной ладонью, а потом обняла бы меня за шею и сказала: «Муська, не реви, прорвёмся! Я тебе обещаю». Но её в моей жизни давно нет.

Остаётся одно-единственное доверенное лицо, которое всегда готово внимательно меня выслушать и которому я могу сказать всё. Это наш пёс.

Потому и появились мои рассказы. Вот уж не думала, что это может быть кому-то ещё интересно. Я отошла от столика к окну бара. Это было даже не окно, а огромная стеклянная стена. Под ноги мне был брошен огромный город, а совсем близко в небе – месяц. Здесь, в Америке, он не стоит торчком, как у нас, а лежит на спинке. Так и хочется подставить под него ладонь. Это даже не месяц, это – маленькая Луна.

Эта «маленькая Луна» меня не отпускала. Я уже не слушала, о чём говорили Игорь и сестра. Мне хотелось поскорее вернуться в номер и записать то, что случайно, неизвестно почему и кем, оказалось вброшенным мне в душу.

Где-то к трём часам ночи всё было закончено. Я закрыла крышку ноутбука и легла спать. Я знала, что буду читать на встрече.

ГЛАВА 13

Флорентийские колокола

Послушать меня пришло восемь человек, но их и не должно было быть больше. Кто я им? Я старалась не показывать виду, что готова расплакаться. Утешало то, что и остальные «хорошие авторы», которых пригласили на эту встречу, оказались в таком же положении. Но начинать должна была я. В любой стае самые слабые идут впереди, а сильные – замыкающими.

Подождали ещё, поговорили с Алексом и Ланой. Она грустно смотрела на пустые стулья и, по-моему, жалела, что поддалась на уговоры и включила в программу «гостью из Москвы».

Люди стали подходить, когда я уже вышла к столу, разложила распечатанные тексты и приготовилась читать. Началось шушуканье, укладывание курток и сумок на колени, а в дверях уже просили побыстрее рассаживаться и не загораживать проход. Ну вот, кворум, что называется, всё-таки образовался. На подоконниках не сидят, но стулья заняты. Отступать некуда, пора.

– Я прочитаю вам маленькую зарисовку. Она называется «Маленькая Луна».

У меня перехватывало дыхание, поднять глаза на слушателей не хватало духу. Какой же у меня противный голос…

«Я. Опять я начинаю свой никому не слышный разговор с этого слова. Я – это моя точка отсчёта. Она может меняться, перемещаться, она может растворяться в любви к самым близким. Но она всё равно есть.

Совсем недалеко – в небе – светит пол-Луны. Верхняя половинка срезана, низ прогнулся к Земле. Под эту половинку Луны хочется подставить ладонь и посадить её туда, как жёлтого цыплёнка. И отогреть.

Взрослая Луна большая и холодная. Когда же видна её часть, что-то меняется. Это ещё не взрослая, это ещё маленькая Луна.

Уходит прямо из-под ног ещё один год третьего тысячелетия. Я стою где-то очень высоко над Землёй и смотрю в окно, которое на самом деле просто прозрачная стена. За ней – чужой ночной город. Башни города подсвечены красными маяками, чтобы в них не врезались вертолёты, которые кружат совсем низко. Река затягивает в свою глубину свет от высоких, узких домов. По береговой линии прямо навстречу друг другу бесстрашно и весело мчатся огни автомобилей.

Я пытаюсь поймать мгновение – не получается. Вот-вот уйдёт и этот день. И что будет дальше?

Господи, как же всё сложно. Пока была маленькой, думала: ну, если сейчас не понимаю – вырасту и пойму… Но годы, как теннисные мячики, пущенные неумелой рукой, один за другим вылетают за контрольную линию – прямо в вечность, и мне по-прежнему ничегошеньки неясно. Вопросов становится всё больше, и они в основном такие противные, а ответов на них чаще всего просто нет.

«Не тревожься, не мучай себя. Не бойся. Всё будет хорошо. Но даже если и не так, ты справишься. Ты же умная и сильная…» – тихо шепчет моей душе маленькая серьёзная девочка, которая и есть настоящая я.

Она честнее, она добрее меня. Она всё время вступается за меня и робко напоминает мне, что я – хорошая. Она убеждает меня – взрослую – не ругать и не казнить себя лишний раз. Постараться простить себя, вспомнить, как это трудно – жить. Ведь мы обе с ней делаем это в первый раз. И главное, о чём просит этот мой маленький, любящий, но совершенно беззащитный ребёнок, прячущийся от всех в моей душе, – не забывать, что настоящая я – это и есть она.

У каждого из нас есть такой вот никому не видимый ребёнок – в придачу к тем нашим, кто нам дороже всего. Этот ребёнок самый тихий, самый застенчивый и самый несчастный, ему достаётся от нас меньше всего ласки и тепла, и его чаще всего обижают. Иногда этот ребёнок безутешно плачет в нашей душе, и тогда мы начинаем метаться, мычать от боли сквозь стиснутые зубы, сжимать голову руками и чувствовать, как мучительно тяжело и несправедливо устроена жизнь.

«Всё будет хорошо…» – зачем она меня обманывает? Так не бывает… Да и что может знать эта малявка обо мне, что знает она о безнадёжном, глухом отчаянии, что знает она о страшном слове «никогда»? Ей легко меня утешать и обнадёживать, она ведь так и осталась маленькой. Это просто смешно.

По её лицу давно уже текут слёзы. Ну вот, опять я её обидела. Мне стыдно. Прости, прости меня, ребёнок мой».

Потом был ещё один небольшой текст. Я прочитала про одинокую несчастную тётку, которая работала ветеринаром и ничего, кроме кошек и собак, в своей жизни не видела. И про тихую девушку Анечку, которая жила с бабушкой. Как однажды Анечка купила на улице окоченевшего на морозе крольчонка и поздно вечером повезла больного зверя в клинику к ветеринару. И как потом, уже ночью, возле этой клиники её убили. Бабушка после этого слегла, кролика забрала к себе ветеринарша, а белокрылые ангелы тихо плакали над свежей Анечкиной могилкой и шептали друг другу о том, что никто ни в чём не виноват. Просто так получилось.

В зале повисла тишина. Сестра смотрела на меня, выпучив глаза и приоткрыв свой большой рот. Галка, дорогой мой человек, потом я тебе обязательно признаюсь, что если бы не наш Ванька, то этого рассказа, как и многого другого, в моей жизни не было бы. Подозреваю, что с появлением у нас собаки в моей душе проснулись какие-то дополнительные сенсоры. То, мимо чего я раньше спокойно проходила, стало болью отзываться в душе. Каждый бездомный пёс, угрюмо провожающий взглядом прохожих, замерзающие кошки, съёженные и жмущиеся друг к другу, теперь вызывали у меня острый приступ жалости. Вскоре я, как престарелая пенсионерка, стала носить в сумке пакетик с кормом.

Как-то вечером на бензоколонке я увидела картонную коробку с котятами. Рядом сидела их мать, её живот с огромными воспалёнными сосками был страшного багрового цвета. Кошка смотрела на людей измученными от боли глазами и, казалось, понимала, что она и её дети обречены.

Пока я заправляла свою машину, подъехал «Лексус», из него вышла тётка в модной шубе, быстро сделала кошке укол, посмотрела котят и уехала.

– Каждый день ездиит, делать ей нечего, – поделилась со мной оперативной информацией кассирша. Через два дня я снова оказалась на той же бензоколонке. Ни коробки, ни кошки там не было: наверное, всё кончилось ещё быстрее, чем можно было предполагать.

– Приезжала. Да той же ночью прискакала, до утра дотерпеть не могла. Кошку к котятам посадила, коробку на заднее сиденье поставила. Сказала, что всех домой забирает. Дык, они ж, небось, сразу ей всё засрали, – опять живо отреагировала на мой вопрос кассирша.

Помню, как я тогда удивилась. Случайная женщина ездит делать уколы приблудной кошке. А потом и вовсе её, умирающую, забирает вместе с котятами к себе. Ту кошку и её взгляд я буду помнить ещё долго, а может быть, и всегда. Это потом, когда уже Ванечка стал жить с нами, я с содроганием представляла, каково было той кошке. Как было ей больно, когда она пыталась накормить своих детей. И я уже не могла понять, как раньше проходила мимо них – тех, которые нам вовсе не «братья меньшие», которые просто другие.

История про кролика появилась после того, как однажды поздним вечером я сорвалась в клинику вытаскивать из Ванькиной башки клеща. В обшарпанном коридоре с протёртым до дыр линолеумом никто не ругался и не лез вперёд. Звери и даже люди вели себя достойно. Когда подошла моя очередь, народу почти не осталось. Только на расцарапанной когтями старой скамье сидела то ли женщина, то ли девушка. «В школе наверняка отличницей была», – я была уверена, что не ошиблась. На коленях у неё лежала сумочка из весёлой летней ткани. Я думала, что она пришла одна, но это было не так. Через несколько минут сумочка зашевелилась, и оттуда показались два длинных белых уха, а потом розовый нос.

Ветеринарша была женщина не злая, но суровая. Коротко задала пару вопросов и, ни капли не опасаясь Ванькиных клыков, занялась его клещом. Сделала всё быстро и хорошо. Заставила расписаться в ведомости, пересчитала деньги и устало кивнула на прощание.

Когда мы с Ванькой шли по коридору, я уже почти придумала для той девушки с кроликом её жизнь. И не только жизнь…

Рассказ закончился, все молчали. Я боялась поднять глаза на сидящих в зале людей. Почему-то давило чувство вины.

– Зачем вы её убили? – раздался в тишине женский голос.

– Её убила не я. Жизнь, знаете ли, у нас там такая.

Моё время подходило к концу, но меня попросили прочитать ещё что-нибудь. Лана, пошептавшись с другими авторами, утвердительно кивнула. Настроение было, что называется, «размочено», и я решилась:

– На прощание я прочитаю вам небольшой юмористический рассказик, который называется «Флорентийские колокола»:

«Мы сидим на берегу Чёрного моря. Небо мокрое, песок серый. Мы три часа летели на самолёте из Москвы, потом два часа добирались на попутной машине до места. Мы приехали с миссией: необходимо на этом берегу, на этом самом месте выпить шампанское, а потом заполнить бутылку из-под него морской водой, омывающей это священное место.

То есть священное оно только для моей подруги, которая переживала здесь звёздные часы своей великой любви. Шура – умница, большой эстет и заядлый горнолыжник. По выходным зимой он берёт с собой Ирку и уезжает кататься со знаменитой подмосковной горы. Ирка на лыжах кататься не умеет, поэтому обычно сидит в машине и ждёт, или, как выражается Шура, «греет место». Она утверждает, что ей это очень нравится, ну и ему спокойнее, что её никто не уведёт, – машину, конечно.

Он следит за своим здоровьем и всегда в отличной форме: режим, никаких сигарет и горячительных напитков. А Ирка за здоровьем не следит совершенно и курит всякую дрянь. Но на улице прохожие всё равно, как по команде, оборачиваются на неё, а не на меня. А я ведь и ростом выше, и внешность у меня более приятная.

Ирка же – дикий цветок природы. Она рыжая, буйнокудрявая и конопатая. В деревне её наверняка дразнили бы: «Рыжий, рыжий конопатый, убил дедушку лопатой…» Но лопата Ирке совсем ни к чему. У неё есть своё безотказное и смертельно опасное оружие. И для дедушек, и для лиц более подходящего возраста.

Кроме копны тёмно-рыжих волос невозможно не заметить её изваянное неизвестным героем лицо, где располагаются точёный нос аристократки, рот грешницы и веснушки вождя краснокожих. Но дело, вообще, не в этом. В любом случае Ирка обречена на то, чтобы шагать по жизни под пристальным наблюдением худшей половины рода человеческого.

Потому что она – это грация. Любое её перемещение в пространстве, действие или состояние облечено в совершенную форму. И эта форма – её содержание.

А если кратко описать меня, то я – миловидная интеллигентка с комплексами. Я дружу с безалаберной Иркой и страстно завидую совершенству её жестов, гибкости любо-го движения, пленительности её грации. И ощущаю себя рядом с ней начитанной кувалдой. Она меня подавляет, по этой причине я иногда плачу и решаю рассориться с ней на-всегда. Эта странная дружба мне вредит, я теряю собствен-ную индивидуальность, неуклюже пытаюсь подражать, и мои комплексы растут.

Итак, мы сидим на берегу. Ирка объявила это место священным. Из Москвы она привезла два хрустальных бо-кала, и сейчас нам предстоит ритуальное распитие полу-сладкого «Советского шампанского».

Я готова. Я добросовестно пытаюсь вообразить, как была она счастлива здесь, на этом сером песке. Но вместо этого представляю кафе самообслуживания, что неподалё-ку. Ирка и Шура ставят тарелки с пирожными на поднос и ждут.

Медленно двигается очередь в кассу, задумчиво по-глощает отобранное пирожное Шура. И кладёт на его ме-сто новое. Глупая Ирка застывает в изумлении, Шура берёт ещё пирожное и запихивает его Ирке в рот. Она давится его пальцами. Шура говорит, что Ирка некрасиво ест. С тех пор она не очень любит сладкое.

Бутылку с «частичкой моря», как назвала это моя под-руга, мы всю дорогу по очереди держали на коленях. В аэ-ропорту её (бутылку) и нас, сказала Ирка, будет встречать Шура. В аэропорту нас встречал мой папа. Ирку мы довезли до дому, отец донёс дорожную сумку до её коммуналки на пятом этаже, а сама Ирка, перешагивая через две ступень-ки, благополучно дотащила свою драгоценность.

Дома её ждал сюрприз. Соседка Лариска пролила ки-пятком Иркины лучшие босоножки – воздушную кон-струкцию из тоненьких ремешков, высоченных шпилек и неопознанных ярких камешков. Ну и зачем надо было оставлять их в коридоре? Ирка вступила в бой немедленно, но победила не молодость, а грубая физическая сила.

Шура, узнав о нашей поездке, сказал, что это очень романтично. Сакральную бутылку он оставил Ирке, а «частичку моря» из неё заблаговременно вылил в её коммунальный унитаз»...

Я сделала паузу и посмотрела на лица людей. Почему-то никто особенно не улыбался, а некоторые так и вовсе скисли.

– А почему «колокола»? Да ещё флорентийские?
– Потому что на этом история не заканчивается. Так вот: «Прошло несколько лет. Сейчас я понимаю, что Ирка права и Шура действительно эстет и большой умница. Шура давно уже женился – на итальянке. С тех пор он живёт и трудится во Флоренции, но Ирку не забывает. Иногда по воскресным дням он говорит с ней по телефону и даёт послушать в трубку, как звонят флорентийские колокола. Ирка в эти минуты плачет от счастья и говорит, что это очень красиво».

Вот такой финал у этой истории, спасибо всем за внимание.

ГЛАВА 14

Эта графоманская хрень

Раздались аплодисменты. Первые, между прочим, в моей жизни.

– А могу ли я продолжить?

Эта женщина уже задавала мне вопрос по поводу кролика. Видно, ей тоже хотелось солировать.

– Ну, конечно, буду рада услышать ваш вариант.
– Хорошо. Можно закончить и так: «Прошло много лет. Ирка давно уже не слушает, как звонят флорентийские колокола. Зимними вечерами она любит сидеть у камина и через большое окно гостиной смотреть на ярко освещённую нарядную гору. Много лет назад там катался на лыжах её Шура, а она «грела место» в его машине. И когда однажды Ирка задумала поселиться в собственном доме, то выбрала именно этот, с видом на своё прошлое»...

В зале раздались смешки, кто-то громко воскликнул: «Так не бывает!»

Я благодарно улыбалась:

– Большое вам спасибо, замечательный финал! Что называется, жизненный!

Объявили перерыв. Я уже собирала бумаги, попутно отвечая на вопросы, когда ко мне подошла моя «соавторша» – небольшая, темноглазая, внимательно-сосредоточенная. Рядом с ней стоял круглолицый, со светлыми редкими волосами мужчина – не герой и не мачо, из тех, кто просто хороший муж. Кстати, счастливы женщины, кому достаются такие мужики.

Говорил он чуть сбивчиво и негромко, не то что мой Игорь с его чеканными фразами и металлом в голосе.

– Марина, мы хотели поблагодарить вас. Пробирает до глубины души то, как вы пишете. Знаете, я слушал «Маленькую Луну» и понимал, что это и про меня тоже. Ну а «Кролик, беги!» – это очень больно. А писать, наверное, ещё больнее…

Рядом со мной уже стояла сестра. Рукопожатия были перекрёстными: «Очень приятно, Марта, Ефим, Галя, Марина».

Ефим что-то ещё говорил об услышанном, а его жена молчаливо выражала своё согласие и поддержку. Обычно сольная партия достаётся кому-то одному, и, как правило, солирует женщина. При более изысканной расстановке сил жена делает солистом мужа, чтобы продемонстрировать его значимость, а сама скромно прячется за его спину, но это уже высший пилотаж.

– Марина, я тоже пишу и был бы рад показать вам свои работы. В этой связи у нас родилась идея: мы хотели бы пригласить вас к себе. Это за городом, но совсем недалеко.

Было понятно, что идея родилась в голове у его жены, а Ефим был уполномочен только лишь её озвучить. Я ещё не успела отреагировать, а Галка уже выясняла, как доехать до места, обменивалась с ними телефонами и спрашивала, не будут ли они против, если мы возьмём с собой мужа. При этом моя сестра ткнула в меня пальцем, уточняя, кто из нас двоих является обладателем этого сокровища.

Уговорить Игоря поехать с нами оказалось нелегко. Ему не понравилось всё: и то, что люди незнакомые, и то, что тащиться за город, и то, что целый день терять на то, чтобы какой-то козёл мог свою графоманскую хрень показать нашей «успешной авторше», как он теперь меня называл. Галка решила взять инициативу в свои руки и, как всегда, одержала убедительную победу.

– Слушай, будешь так себя вести, мы тебя в Америку больше не возьмём!

– Ну да, это, оказывается, вы меня в Америку взяли. А то, что у меня здесь переговоры проходят, то, что я вам визы через банк под это дело оформил, это ничего, да? Ох, смотри, Галина, не доводи меня до греха. Спроси у своей сестры – в гневе я страшен...

Хорошо, что Ефим встретил нас на машине у станции. Сами мы запутались бы среди нарядных улочек их уютного посёлка. Дом показался нам небольшим, но это было обманчивое впечатление. Экскурсия по первому, второму и подвальному этажу, или, как его тут называют, «бейсмент», была познавательной, тем более что мы и сами, как-никак, были домовладельцы. Игорь явно чувствовал себя не в своей тарелке, но с умным видом задавал разные вопросы о коммуникациях и проекте.

Много комнатных цветов на полу и подоконниках, какие-то литографии, смешные детские рисунки в рамочках, камин, перед ним всё, что положено: диван, кресла и ковёр.

– Почти как у вас, только здесь победнее, – заговорщицки шепнула Галка.

В доме, как я поняла, царили две женщины: мама и дочка, – а Ефим преданно им служил. Хорошая у них выросла девочка, воспитанная и симпатичная. И вообще, приятные оказались люди. Обед прошёл весело, пили за знакомство и за дружбу. Ефим, глядя на жену, даже предложил тост за любовь. Тост понравился всем, кроме моей Галки, которая страдальчески завела глаза к потолку и поставила свой бокал на место. Мерзавка.

Потом мы с хозяином дома пошли наверх в его кабинет. Там он прочитал мне главы из своего романа: юность, общага университета, мальчишки с мехмата и девчонки с гуманитарных факультетов. Мне казалось, что он рассказывает о моей собственной молодости.

Доброе круглое лицо, вроде бы простой и понятный мужик. Как он, двадцатилетним, смог почувствовать и запомнить то, что нынче модно называть биологической энергией времени? Какие-то словечки из тех лет, бегло, одним-двумя предложениями набросанные портреты, за которыми виден характер и прорастающая сквозь него будущая судьба. Я уже безо всякой снисходительности смотрела на Ефима и внимательно слушала его.

– Знаете, в те годы мы могли запросто оказаться рядом. Я ведь так любила Питер!

– Вероятно, это у вас семейное.

– Вот интересно! А вы откуда знаете?

– Игорь, пока вы руки мыли, уже кое-что о себе рассказал.

– Ефим, вот мой и-мейл. Останемся на связи, хорошо?

Пили чай с пастилой фабрики «Ударница», купленной в американском русском магазине, сидели кто где: мы с Ефимом на тёмно-зелёном диванчике, Марта и Игорь – в креслах, а Галка пристроилась, скрестив по-турецки ноги, на ковре. Отсветы пламени бродили по комнате и ложились бликами на наши лица и мебель. Было тепло и уютно, а моему мужу – даже жарко. Он то и дело промокал лоб салфетками, что раздражало меня до крайности.

Нарушительницей покоя, естественно, оказалась моя сестра.

– А что это у вас тётки так плохо одеваются? – вопрос был адресован Марте, которая была в том же свитере и брючках, в которых пришла на чтения. – И не только тётки, но и мужики тоже, извините, как ханурики ходят. В метро так просто обрыдаешься. Это мне, чтобы американкой выглядеть, нужно на нашей старой даче свою школьную куртку из болоньи отыскать и, главное, шерстяную шапочку где-то надыбать. А я их даже в детстве не носила. Да, и ещё рейтузы. Вот тогда буду как настоящая американка. Только очень тощая. Они тут у вас, я смотрю, в основном упитанные девушки.

Марта укоризненно посмотрела на Ефима, который начал торопливо заправлять выбившуюся рубашку в джинсы. Марта ещё раз посмотрела на мужа. Было понятно, что отвечать на Галкин недружественный выпад доверено ему.

– Здесь на это не обращают никакого внимания, а в России компенсационный механизм срабатывает, там никак «Версачами» наесться не могут. Смотреть на это бывает ещё более грустно, чем на американские шапочки. Знаете, у нас тут миллионеров – настоящих, не с наворованными деньгами – очень много, но внешне они чаще всего как наши барды выглядят: рубашка в клеточку, джинсы, кроссовки. Просто потому, что им с помощью барахла ничего доказывать не надо.

Марта не утерпела и перехватила инициативу:
– В России, извините, всё с ног на голову поставлено. Там девушка в хрущёвке живёт, копейки зарабатывает и год копит на сумку «Диор». Потому что считает, что ей без этой сумки ходить стыдно.
– А у вас что, здесь никто не копит?
– Конечно, копят. Но здесь деньги вкладывают прежде всего в жильё, в образование детей, в путешествия. Другие приоритеты. За фирменными сумками охотятся приезжие, кто в Америку на шопинг приехал. А самим американцам это не особенно нужно.
– А как же говорят, что тут за деньги глотку перегрызут, и вообще – «город жёлтого дьявола»? – опять встряла Галка.

Ефим усмехнулся и снова переглянулся с Мартой.

– Вы видели, как в городе Армия спасения пожертвования собирает? Ну, колокольчики по всему Манхэттену звонят? И вообще, знаете, сколько здесь фондов, которые не деньги отмывают, а благотворительностью занимаются? А знаете, сколько здесь волонтёров, которые бесплатно за стариками и за инвалидами ухаживают, сколько народу зверей бездомных к себе на воспитание берёт? Дина, иди сюда, моя хорошая!

Из другой комнаты вышла большая колли. Мы уже видели её, когда входили в дом. Было заметно, что идти ей тяжело, заднюю лапу она приволакивала. Размахивая метёлкой хвоста, она подошла к Ефиму и, прикрыв глаза, положила морду на его колено, от полноты чувств лизнув ему руку, а потом плюхнулась на ковёр рядом с ним, прижавшись к его ногам спиной.

– Мы нашу Дину взяли уже взрослой из собачьего приюта. Там всё в порядке: чистота, как в больнице, персонал, кормление по часам и так далее. Но вы бы видели, какими глазами там смотрят собаки на людей. Марта моя сразу же плакать начала. Хорошо, что мы догадались дочку дома оставить. Но отдали нам Дину только через неделю, пока мы все справки о себе и своих доходах не представили.

– Ну, хорошо, мы сами собачники, понимаем. Собаку любить легко и приятно, это вам не ребёнка из детского дома взять, тем более больного.

Заговорила Марта:
– Видите ли, Галя, дело в том, что детских домов здесь нет.
– Как это?

– Так. Они здесь не нужны. Всех детей, кто вдруг остался без родителей, разбирают приёмные семьи, в том числе и больных. А если женщина осталась одна или родила без мужа, то её так, как в вашей стране, унижать не будут. Здесь всё сделают, чтобы и мать, и её ребёнок жили нормальной человеческой жизнью.

Ефим подошёл к окну и отодвинул прозрачную занавеску.

– Пойдёмте на воздух, мы косуль вам покажем. Наш дом у леса стоит, так они к нам часто приходят. Мы их немножко подкармливаем, хотя это и не разрешается. Но уж больно мордочки у них трогательные, так и хочется что-нибудь вкусное им подсунуть.

Снег был удивительно белым, как в детстве, косули ручными, чай, когда мы вернулись в дом, – горячим и ароматным. Почему-то случилось так, что мы прощались с этими ещё вчера незнакомыми нам людьми как с хорошими знакомыми. В электричке нас разморило, и мы почти не разговаривали, а Игорь вообще всю дорогу спал. Или просто сидел с закрытыми глазами.

ГЛАВА 15

Восьмая Марта

На мой взгляд, писать ангелов для своих сундуков Галка должна была бы с меня – за моё ангельское терпение.

Давно уже в нашей семье было замечено, что в моих мозгах присутствует некоторая заторможенность, некий «синдром отложенной реакции». Обычно первые несколько дней после какого-то потрясения я живу, как и раньше. Осознание того, что произошло, приходит не сразу, оно вызревает внутри меня постепенно.

«Ты же сначала копишь в себе всё это дерьмо, а потом на меня вываливаешь!» – я слышала эти слова от Игоря много раз. На мой взгляд, я не коплю, а терплю: сначала хожу с очередным камнем на душе в надежде, что всё «рассосётся», как беременность из анекдота. Но обычно ничего не рассасывается, и тогда я начинаю, как выражается мой муж, «изрыгать».

Вернувшись в гостиницу от наших новых американских друзей, я нашла у себя в почте сообщение от Марты: надо встретиться, никому ничего не говорить, подойти к часам на Гранд Сентрал [8], все объяснения потом. Какие-то тайны Мадридского двора.

На следующий день я отправила Игоря и Галку в знаменитый Гуггенхейм [9] (хотела предложить им Музей секса на Пятой авеню, но не рискнула), а сама поехала на встречу.

Если бы меня спросили, что в Нью-Йорке меня поразило больше всего, наверное, я бы назвала среди прочего этот знаменитый городской вокзал.

Да, а вот и эти известные всему миру часы в центре огромного зала: золотая луковица, с четырёх сторон – циферблаты. Под часами – круглый киоск информации. Марта подошла ко мне, когда я, задрав голову, рассматривала бирюзовый, с золотыми знаками зодиака потолок.

– Ну как?

В её голосе слышалась гордость. Она стояла напротив меня, решительно засунув руки в карманы длинной куртки с большим капюшоном.

– Потрясающе!

– Марина, извините, что сдёрнула вас, но нам надо поговорить.

– А где?

Как будто это имело какое-то значение…

– Можно прямо здесь, в каком-нибудь кафе. Вы как к сладкому относитесь?

– Не ем уже много лет. Вернее, пытаюсь не есть.

– Ну, это мне знакомо. А кофе?

– Да, конечно.

---

[8] Grand Central (англ.) – ж/д вокзал в центре Манхэттена.

[9] Guggenheim Museum (англ.) – Музей современного искусства Соломона Гуггенхейма.

Мы устроились на светлом диванчике. Большие белые чашки, пенка с вензелем, аромат ванили, корицы и чего-то ещё очень вкусного. Господи, ну почему на наших вокзалах всегда пахнет сортиром?

Марта заметно нервничала, я тоже стала дёргаться. Что нужно от меня этой женщине? Может быть, она приревновала меня к своему мужу? Но она совсем не похожа на дуру.

– Как впечатления? Понравилось у нас?

– Конечно! И дом у вас замечательный, и день тоже был прекрасный.

– Я имею в виду Нью-Йорк.

– Очень! Всё понравилось. И ещё этот вокзал.

– Да, знаковое место, здесь любят разные фильмы снимать. Помните «Falling in Love» [10]? С Мерил Стрип и Де Ниро? А под часами – под той золотой луковкой – наверное, полмира свидания назначали.

Она сосредоточенно перемешивала кофе игрушечной ложечкой. Пенка в её чашке растаяла, красивый вензель из корицы исчез.

– Марта, у вас есть какая-то причина ещё раз увидеть меня? Мне это очень приятно, но вчера мы попрощались…

– Да. У меня есть причина. Даже две.

– Это мне напоминает анекдот про приятную новость и не очень…

– Поэтому я, пожалуй, начну с приятной.

– Господи, а что, есть ещё и не очень?

Марта вздохнула, ложечка звякнула о чашку, кофе пролился на блюдце.

---

[10] «Falling in Love» (англ.) – к/ф «Любовь».

– Скажите, пожалуйста, откуда вы знаете про «флорен-тийские колокола»?

Более нелепого вопроса я не могла себе представить.

– Что значит, откуда знаю? Это рассказ, который я на-писала, это моя героиня, которую я придумала.

– Но вы не могли знать о них!

– Да? Как интересно… Ну, хорошо… Допустим, что это часть моей жизни, в которую я не собираюсь посвящать посторонних.

– Но это часть и моей жизни. Марина, вы не придумали этот сюжет. Я сразу это поняла, потому что Ира рассказы-вала мне и о той поездке к морю, и о вас. Но вы с ней расста-лись задолго до того, как Шура женился. И ещё до того, как Ира осталась одна, и до того, как мы с ней по-настоящему подружились… Вы помните, как однажды зимой её увезли в больницу? Вот там мы и познакомились. А знаете, о ком она мне рассказывала в те дни? О вас. И о Шуре. Говорила, что вы – это её великая любовь на всю жизнь. У неё же всё великое и на всю жизнь, всё «на разрыв аорты». Помните? Мне тогда ночевать было негде, я же не из Москвы. Ира мне ключ от своей комнаты дала, а сама к вам в лагерь вернулась. Я в её в комнате жила, а когда уезжала, решила ключ в банку с крупой от соседки спрятать. Получилась такая путаница! Пожалуйста, вспомните: «Восьмая Марта» – это же я!

– Нет, не припоминаю. И почему восьмая? У вас что, ещё семь Март где-то есть?

– Вообще-то, меня Оля зовут, но мой день рождения – восьмого марта, вот Ира и придумала мне такое имя. Коро-че, для своих я давно уже Марта.

– Зачем?

– Затем, что я так решила.

– И что, вы дружите до сих пор?

– Дороже неё, мужа и Агаточки у меня никого нет. Она, когда к нам приезжает, на тот самый диванчик, где вы вчера сидели, обычно забирается, это её любимое место в нашем доме. Я слышала, как на вашей встрече в зале смеялись и говорили, что «так не бывает». Но так бывает: и про дом, и про гору я сказала правду. Она сначала замуж сходила, сына родила, а потом, уже после развода, бизнесом занялась.

– Какой бизнес? Она же в этом ничего не понимала!

– Научилась – жизнь заставила. И с любых переговоров потом победителем выходила: личным обаянием брала. И чего только в её жизни не было, долго перечислять! Богатой стала, от рэкета с ребёнком в Беларуси пряталась, к батарее её наручниками приковывали, мужики влюблялись в неё без памяти. И это ещё не всё! Она же сына сюда учиться отправила, и мы тут за ним присматривали. В общем, на десять жизней хватит её приключений. А сейчас у неё дом под Москвой, она там круглый год живёт. Мы по видеосвязи общаемся, даже выпиваем иногда на расстоянии… Вот так. А всё-таки интересно, откуда вам известно про колокола? Ведь об этом никто не знал…

– Кроме соседки, которая ей босоножки ошпарила. Телефон у них в квартире был общий, в коридоре висел, помните? Мы с ней как-то в метро столкнулись. Пока на эскалаторе стояли, она мне рассказала, как Ира по выходным эти колокола слушала, как рыдала и как Шуре своему в трубку говорила, что это очень красиво.

У меня стучало в висках и хотелось выпить не густой тёплый кофе, а холодной воды, а ещё лучше водки.

– Ну что, сделаем перерыв?

Марта вопросительно посмотрела на меня.

– Оля, может, закончим? Что-то я уже устала.

– «Марта». Лучше передохнём. Для меня всё это тоже оказалось полной неожиданностью, мне и в голову не приходило, что вы – та самая Ирина подруга, хотя я знаю вас уже много лет. И Ирина тут ни при чём.

– А кто при чём? Не томите. Кошмар какой-то.

– Сейчас. Сейчас скажу. Когда мы в больнице лежали, к нам никто не приходил. Ира от матери всё скрывала, а я вообще в Москве никого не знала, приехала на свидание и вместо этого загремела в больницу. Шура её тогда так и не объявился, собственно как и мой Игорь.

– Какой это Игорь?

– Мой Игорь. А теперь – ваш.

Марта тяжело выдохнула и вытерла руки салфеткой.

Теперь настала моя очередь сосредоточенно изводить игрушечной ложкой красивый вензель из корицы.

– И долго всё это продолжалось? – я услышала в своём голосе стальные нотки следователя по особо тяжким преступлениям.

– Долго. Пока я с Ефимом не познакомилась и в Америку не уехала.

В тот момент я поняла, откуда у меня возникло ощущение дежавю, когда я увидела её дочь: она же похожа на моего мужа, только и всего. Наверное, у меня будет время осознать, привыкнуть и научиться с этим жить. Но, боже мой, какая тоска! Я не хочу.

Когда мы познакомились с Игорем, мне казалось, что это я подставляю щёку, а целует он, потому что я творческий, тонкой душевной организации человек. И пока я носилась со своей тонкой душевной организацией, он крутил любовь с этой, в общем-то, симпатичной мне «Восьмой Мартой». Хотя в тот момент вылить ей на голову кофе мне всё равно хотелось.

Каждый раз, когда я чувствовала, что измена подходила к нашему дому совсем близко, я убеждала себя, что это напрасные страхи, что я сама себя завожу, что свечку я не держала. А сейчас и свечка не нужна: Агата похожа на своего отца и моего мужа.

– Зачем вы это мне рассказали? Берёте реванш? Чтобы мне тоже плохо стало?

– А мне совсем неплохо!

– Тогда зачем? Зачем вы пригласили нас в гости? Чтобы на моих костях потанцевать?

Марта оторвала взгляд от своей чашки, внимательно посмотрела на меня, помедлила и спокойно сказала: «Да».

– На самом деле я познакомилась с вами давным-давно. И я очень хорошо помню всё то, что мне рассказывал когда-то ваш муж. Слишком сильно вы его задавили. Посмотрела я на него сейчас, грустно это: в вашей семейной эскадрилье ведомый – он.

– Как интересно… А в вашей? У меня тоже была возможность посмотреть вчера на вас и сделать свои выводы.

– Мне всё равно, какие вы сделали выводы. Моя семья не держится на вранье. Ефиму я сразу рассказала о том, что замужем не была. Я ему даже про вас рассказала – то, что от Игоря слышала. Так что в нашей семье секретов нет.

– Что же он мог про меня рассказать?

– Ну, например, что у его жены даже цветы в доме сохнут. Знаете такую категорию дам?

Как много может русский язык. Вот сидит чужая мне женщина, рассуждает обо мне в третьем лице, и ей вполне комфортно. А я, слушая, что обо мне говорят, понимаю, что это намного более унизительно, чем любые гадости, сказанные в лоб. Самое обидное было то, что она даже про цветы знала. Они действительно у меня всегда засыхали. А у Галки, например, дома разве что апельсины в горшках не цвели. А однажды она действительно вырастила лимончик. И подарила его какому-то из своих будущих мужей. Который очень скоро стал бывшим…

Странный у нас был разговор. Он был не о нашем общем мужчине, не о наших детях и не о ней. Разговор почему-то шёл обо мне. Это я должна была оправдываться и защищаться.

Марта оставила в покое чашку, теперь она складывала во много раз большую бумажную салфетку. Сложив её в кубик, опять разворачивала и всё начинала заново. Я смотрела на эту салфетку и думала о том, что было бы хорошо, если бы так же было и в жизни. Когда длинная последовательность твоих действий имеет обратный ход. Сложил, потом разложил, разгладил – и вроде всё, как было раньше. Но бумага уже не выдерживала напряжения и махрилась, готовая порваться на сгибах.

– Как интересно. Вы, часом, не плакали, когда наш с вами муж жаловался на свою жизнь с таким чудовищем, как я?

– Во-первых, он мне не муж, а отец моего ребёнка. А во-вторых, вас что-то удивляет? Вы ещё не заметили, как мужчины любят жаловаться на своих жён любовницам? И потом, это всё было очень давно, до моего отъезда. С тех пор мы не виделись.

– Понятно. А зачем вы ко мне на чтения пришли? На меня посмотреть?

– Знаете, если откровенно, то да. Увидела в анонсе, имя и фамилия совпадают, из Москвы. Молодой автор, так сказать. Только как-то странно выглядит ваш дебют. Вам бы лет на тридцать пораньше начать, сейчас, гляди, уже автограф-сессии бы проводили. А я бы в очереди к выдающейся писательнице современности стояла – с вашей книжкой в руках. Но рассказы ваши одно, а жизнь – совсем другое. Вам хочется сочувствия и понимания? Вы нам теперь про своего внутреннего ребёнка рассказываете, хотите, чтобы вас полюбили, но мне вы не нравитесь. И никакие ваши будущие книги или слава не заставят меня относиться к вам по-другому.

Продолжала она уже сквозь слёзы:

– Я столько тогда пережила, это было так страшно. Беременность: оставить – не оставить, что делать, как жить – непонятно. У ребёнка родовая травма, у меня молоко пропало... Здесь Агаточку лечили несколько лет: восстановительные программы, акупунктура, массаж, постоянное наблюдение. Я до сих пор помню те жуткие очереди: сначала за талонами в шесть утра и потом – два часа к врачу. И коляску на себе на четвёртый этаж. Господи, какое же чудо, что Ефим увёз нас оттуда! А Игорь... Да, он всю жизнь высылает Агаточке деньги, но мне он ни в каком виде не нужен, можете пользоваться им и дальше! И я действительно хотела, чтобы однажды именно вы увидели, что у меня всё хорошо. И вот это случилось.

– Ну и как, стало легче?

Мне казалось, что потолок опустился мне на плечи. Было трудно говорить и дышать. Марта в очередной раз сложила истерзанную салфетку и прихлопнула бумажный кубик ладонью.

– Нет.

– А вы представьте, что мне теперь с этим придётся до гроба жить, тогда, может, и полегчает.

– Ну, собственно, мне тоже придётся с этим жить.

– Но это вы, а не я от чужого мужа родили.

– Он тогда был вам не муж. И потом, мне кажется, у вас тоже есть что сказать на эту тему.

– Почему же вам так кажется?

Истерзанная салфетка окончательно разъехалась по швам на четыре отдельных квадрата. Марта, уже не сдерживаясь, плакала. Я решила, что с меня хватит.

– Предлагаю собрание, посвящённое моему моральному облику, считать закрытым и остановиться на том, что вы правы, а я виновата. Игоря мы спрашивать не будем, поскольку их, мужиков, вообще спрашивать бесполезно. Они думают не головой, а гениталиями, во всяком случае в активном репродуктивном возрасте. И потом, я не хочу из-за каких-то призраков прошлого отравлять свою семейную жизнь.

– Это мы с Агаточкой призраки?

– Всего вам доброго, приятно было познакомиться. Да, кстати, а ваша дочь своего папу узнала?

– Её папа – Ефим.

– Но секретов в вашей семье нет. Так ведь? Да, и ещё: передавайте Ире привет, скажите, что я её люблю. Насколько это может делать человек, у которого даже цветы дома сохнут.

Я встала и пошла к выходу, на ходу натягивая свой шикарный меховой жакет, который привезла в Нью-Йорк, где натуральные меха никто, кроме наших соотечественников, давно не носит.

Куда идти? Самое время смотаться в Музей секса...

Вечером мы втроём пошли ужинать в японский ресторан. Галка рассказывала о том, что они видели, мой муж пил японское пиво и отмалчивался, а я заказала сакэ, но напиться этим тёплым пойлом не получилось. Я была в меру приветлива и спокойна.

***

У меня давно уже имеется твёрдая уверенность в том, что оскорблённое или раненое (ненужное зачеркнуть) самолюбие – это страшная сила, способная пробить любые стены и полностью изменить человеческую судьбу. Может быть, именно оно помогло Марте выжить и устроить свою жизнь. Может быть, именно оно привело её в нужное место в нужное время. И вот однажды наши пути пересеклись, и случилось всем счастье: папа увидел свою дочь, её мама свела счёты с соперницей, а я узнала правду.

И только наша с Мартой самая любимая подруга где-то далеко от нас. Сидит, наверное, в кресле у своего камина, смотрит на гору и думает о своём прошлом. Ирка, помнишь ли ты меня?

После нашего возвращения из Нью-Йорка в нашем доме опять надолго повисла тишина. Настроение у меня было как перед цунами, которое вот-вот обнажит то, что прятала вода. Что будет дальше, я боялась загадывать. Где-то после двух ночи я уходила из нашей спальни в пустующую Серёжину комнату и там, среди его книг, дисков и детских фотографий, с Ванькой на прикроватном коврике старалась спрятаться от того нового, что навсегда вошло в мою жизнь.

Эта мерзавка Марта билась, она дралась, как тигрица, за жизнь и благополучие своего ребёнка. Потому что больше было некому. Няньки в роддоме уже знали, что она рожает без мужа, и с удовольствием крыли её матом, в палате было двенадцать баб. После родов у неё начался мастит, и пропало молоко. Тапочек на всех не хватало, и ей приходилось одалживать их у других. А однажды тапочки никто не дал, и она пошла в загаженный туалет босиком. Память постоянно возвращала меня к нашему разговору, к её отрывистым фразам, прыгающим губам и страшным словам.

Теперь каждое лыко вставало в свою строку, отдельные мелочи собирались в интересную картинку. Они же в тот день всё время оказывались рядом, глаза в глаза, лицо в лицо, и даже в гостиной Игорь развернул кресло так, чтобы быть строго напротив неё. Они же насмотреться друг на друга не могли, вот что это было. О чём они говорили? Не знаю. Их разговор был слышен только им.

Марта смешная. Кого она хочет обмануть? В конце концов, я какой-никакой, но тоже инженер человеческих душ. Она хотела мне продемонстрировать, что ей давно уже всё равно? А сама, говоря об Игоре, сбивалась на настоящее время и произносила его имя на выдохе с долгим, похожим на стон «и», и коротким, отдающим горечью «горь». А я и не знала, что так может быть, мне казалось, что это имя – такое сухое, жёсткое и непригодное для любви.

Прощаясь, он сначала задержал её руку в своей, а потом поцеловал и на обратном пути, в электричке, делал вид, что спит.

Они ничем не выдали себя, они, как поётся в одной хорошей песне, «могли бы служить в разведке» и «могли бы играть в кино». У них бы получилось.

«Вам тоже есть что сказать на эту тему», – и эта женщина смеет меня судить...

ГЛАВА 16

Дворецкий

Это была моя первая западная страна и моя любовь на всю жизнь. Ощущение свежести, промытости каждого камня на мостовой, чистоты синих озёр и неба, доброжелательного внимания ко мне.

Впереди у нас были три года загранкомандировки Игоря, и у меня на это время имелись свои большие планы. Это был шанс не только для моего мужа. Синица в руке меня категорически не устраивала, я хорошо помнила, что значит идти вторым номером и служить удачным фоном для той, что всегда первая. Я верила, что наконец-то и мой журавль взметнёт в небо. Нам предстоял долгий совместный полёт на большой высоте.

По этой причине я даже решилась оставить маленького Серёжу в Москве с мамой и Галкой. Игорю я объясняла, что не могу упустить такую возможность. Мы ссорились, я рыдала и говорила о самореализации, пока, наконец, он не сдался.

Местная ставка учителя русского языка в младших классах посольской школы совсем не соответствовала моим амбициям и раздражала меня до крайности, но за неимением лучшего пришлось это предложение принять. Говорили, что мне очень повезло, кто-то даже завидовал. Они же ничего не знали про моего журавля.

Бабы, то есть педсостав, были как бабы, плюс физкультурник Петруша, который при более близком знакомстве тоже оказался «бабой».

Школу я не любила. Дети там были самые обычные, выделялся среди них разве что мальчишка по фамилии Дворецкий, который оказался на редкость пакостным мерзавцем. За моей спиной он строил рожи и на уроках литературы рисовал чертей. После того как он залепил страницы своей тетради с диктантом использованной жевательной резинкой, я решила вызвать в школу его родителей. Пришёл отец, который был зол на меня, на сына, на школу за испорченный вечер и потраченное время.

– Я очень тороплюсь. Так что «говорите коротко и по делу», знаете такой рекламный ролик? Один мой друг, кстати, его делал.

– Нет, не знаю. Может быть, вы придёте, когда будете располагать временем? Речь идёт, между прочим, о вашем ребёнке.

– А что с ним не так? Он абсолютно нормальный ребёнок. Вам нужно просто найти к нему правильный подход. Он имеет право любить или не любить своих учителей. Вас он не любит.

– Меня не интересует, любит он меня или нет. Но на уроках ему лучше было бы не чертей хвостатых рисовать, а слушать преподавателя. Успеваемость у него, если вы не в курсе, – добавила я с удовольствием, – так себе.

– Я тоже в школе учился «так себе». И, кстати, потом закончил с красным дипломом журналистику МГУ.

– Не стоит на меня давить вашим красным дипломом и авторитетом этого замечательного учебного заведения. Я сама его выпускница и тоже отличница.

– Да? А какой факультет?

– Филологический, – ответила я со скромным достоинством. Я хорошо помнила, что модная журналистика всё равно всегда отставала от элитного филфака. И была уверена, что он тоже это знал. Ещё бы – этот тип явно был заточен на успех и публичность. Впрочем, как и я. Только у него они были, а у меня – нет.

– А где вы до командировки трудились? Не у нас, случайно?

Я, конечно, знала, что он работает тележурналистом и видела его репортажи сто раз.

– А где это «у вас»?

– Ну, на телевидении, естественно, где же ещё? – он, вероятно, был уверен, что каждый знал его в лицо.

– Нет, вот на телевидении я как раз не работала.

– А давно вы здесь? С мужем?

– Полгода.

– Да? А почему я вас раньше не встречал?

– Наверное, просто не замечали, – подвести мужчину к комплименту так просто.

– Это невозможно. У меня профессиональная зрительная память. Ваше лицо я бы сразу запомнил.

– Это почему же?

Следующей его фразой должно было стать: «Потому что такое лицо не забывают» или что-то в этом роде.

– Колония небольшая, и я здесь вроде как «главный советник», тем более что я хорошо знаю язык страны пребывания. Ко мне с разными вопросами идут, я всех знаю!

Хотелось, чтобы он поскорее исчез. Со своей фанаберией, телевизором и «языком страны пребывания».

Поэтому я, вежливо улыбаясь, напомнила этому папаше, зачем, собственно, я его вызывала, и с удовольствием вручила ему для ознакомления разрисованную чертями и соответствующими подписями к ним тетрадь его отпрыска.

Ночью я спала со снотворным и встала с больной головой. За завтраком рассказала Игорю о том, какие хамы встречаются среди родителей.

Через два дня этот тип пришёл снова и зачем-то начал извиняться. Я его простила, не знаю за что, просто чтобы он поскорее ушёл. А через неделю его машина перехватила меня по дороге домой. Учитывая то, что я и сама не знала, когда закончатся в тот день мои дела в школе, подозреваю, что организовывать нашу случайную встречу ему пришлось мучительно долго.

После этого я поняла, что нам лучше не видеться. Парня его я неожиданно для себя полюбила, и этот паршивец, почувствовав мой интерес к себе, стал старательным и послушным, как девочка. Так мы стали друзьями.

Его папаша теперь часто приходил в школу справиться о сыне, но при этом всё время говорил о себе и, кажется, много врал. Меня раздражал дым его вечной, почти по Цветаевой, «папиросы», пепел, котором он засыпáл мой стол, и его уверенность в том, что мне всё это интересно. Хотя мне действительно было интересно.

Но могла ли я представить, что скоро моя ладонь будет лежать на его пегих от седины волосах? И что только потом по боли в мышцах я пойму, как неудобно мне было держать руку на его затылке, пока он вёл машину, а я сидела рядом и, не отрываясь, смотрела на его угрюмый профиль.

Я так и не поняла тогда, куда он меня позвал. Что-то сугубо познавательное, нужное ему для съёмок очередного сюжета, а мне – для моих уроков. Его работа подразумевала свободу передвижения и, как я потом поняла, всего остального. Игорю я бездарно наврала что-то про «День знаний» в публичной библиотеке.

В тот день я проснулась в четыре утра и до семи просидела на нашем огромном балконе, который выходил в сад. Утренний аромат просыпающихся трав и цветов отзывался в душе слезами. Меня немножко трясло, думать я не могла ни о чём.

Игорь уехал на работу, а я, подождав для верности, вышла к глухому проулку между местной пожарной частью и длинным каменным забором, увитым плющом. Я долго ждала, мобильных телефонов тогда ещё не было. Потом решила, что, наверное, всё это мне пригрезилось, и пошла в сторону дома. Около подъезда услышала визг тормозов на мостовой. Это был он. Я вернулась в тот же проулок, его машина ждала меня там. Я только открывала переднюю дверь, а его рука уже втащила меня в салон. Я только готовилась поздороваться, а его рот уже накрыл мой.

Боже мой, каким колючим оказалось его лицо: щёки у меня горели, губы моментально вспухли. На улице раздался вой пожарной сирены, мы очнулись. Он быстро развернулся и поехал куда-то из города, но убрать руку со своего затылка мне так и не позволил. Я сидела боком и гладила его волосы, а он, не отрываясь, смотрел на дорогу.

В каком-то сказочно-тёмном лесу для нас всё уже было подготовлено. Маленький охотничий домик, а может, дом свиданий: некрашеная сосна, запах смолы, домотканые половики, огромная пышная кровать и почему-то большие часы на стене. Удивляло количество книг в неуместных там стеллажах. Интересно, это надо читать «до» или «после»? Или «вместо»? И для кого отмеряют время эти часы?

Всё-таки он был невыносимый пошляк. После того как мы сели за деревянный стол пить душистый травяной чай, этот тип, задумчиво посмотрев на книги, сказал, что напрасно мы не использовали их по прямому назначению, поскольку кровать оказалась возмутительно мягкой. Я уже догадывалась, что он имеет в виду, но всё-таки потребовала объяснений. И он рассказал мне анекдот про профессора с его сотней написанных учебников и про сеновал.

Может быть, потому, что я поднялась в четыре утра или в силу других причин, но сначала я смеялась, а потом расплакалась.

Дворецкий проявил обычную для мужчин чёрствость: сказал, что это нормальная бабская истерика, и уложил меня в постель. А заодно нырнул туда сам. Очень скоро нас разбудил звонок будильника, который предусмотрительно и, я бы сказала, со знанием дела выставил он. Мы проснулись, и хотя Всеволод Леонидович и грозился прихватить пару томов с полки, книги нам не понадобились.

Домой я вернулась позже, чем планировала. Увидев в зеркале своё отражение, я поняла, почему Игорь не стал меня ругать. У меня был такой вид, что без слов было ясно, что так намучиться можно было только в библиотеке.

Иногда я жалею, что не догадалась сфотографировать тот загадочный домик. Иногда я закрываю глаза и пытаюсь вспомнить аромат старого просушенного дерева, пылинки в случайных солнечных зайчиках, которые с весёлым упрямством выпрыгивали из-за плотно занавешенного единственного окна, домотканые пёстрые половики на дощатом полу.

Дворецкий оказался не прав. Когда я разревелась в первый раз, это была не бабская истерика. Истерика – явление единичное, если только это не диагноз, но это был не мой случай. Каждый раз, когда мы уезжали из этого домика, мне хотелось плакать. Если бы тогда я знала, что такое «когнитивный диссонанс», мне было бы легче разбираться со своей жизнью. Хотя, собственно, история любой жизни – это когнитивный диссонанс. И чем человек глубже и умнее, тем его больше. И это – один из уроков жизни, который я усвоила слишком поздно.

Хотелось невозможного: чтобы одна часть моей жизни проходила бы в этом домике с Дворецким, а другая – по-прежнему с Игорем. Я прислонялась щекой к деревянным стенам, глубоко вдыхала их аромат и старалась запомнить каждую мелочь.

«Я хотела бы жить с вами в маленьком городе… и в маленькой деревенской гостинице – тонкий звон старинных часов… и пусть бы вы меня даже не любили…» – строчки забытого стихотворения, как трава, прорастали из памяти, а вместе с ними возникали полупрозрачные картинки прошлого, оседая тенями в тёмных углах волшебной избушки.

Но об этом я ему ничего не рассказывала, а он меня ни о чём не спрашивал.

Перед отъездом мы каждый раз пили чай, и Дворецкий, поглядывая на часы, торопливо рассказывал смешные анекдоты. Но однажды он открытым текстом сказал,
что больше не может себе позволить так поздно возвращаться. Потом и до меня дошло, что ещё пара таких задержек в библиотеке, и мне уже нечего будет врать дома.

Домик был, счастье там тоже было. Как же ещё можно назвать то, что мы переживали в этой по-деревенски
мягкой и жаркой постели? Но счастье это было ограни-
ченного пользования. Оно годилось только для этой избушки с плотно занавешенным маленьким окном.

В обычной жизни Дворецкого ждали жена и сын, уче-
ник вверенного мне четвёртого класса. А меня дома ждал
интересный, амбициозный шатен Игорь Оттович Мориц
– отец моего ребёнка и мой муж.

К тому времени я знала о Всеволоде Леонидовиче довольно много. А как относиться к нему, когда мы покида-
ли нашу избушку на курьих ножках, я понять не могла. На
уроках я давала задание написать сочинение по какой-нибудь картине или почитать вслух, а сама закрывала глаза и
вспоминала.

Когда мои глаза открывались, взгляд неизменно на-
тыкался на двойную макушку Дворецкого-младшего, или,
как его дразнили в классе, «Дворняжки». Ему это прозви-
ще совсем не подходило. Как раз порода в нём чувствова-
лась с первого взгляда. И, конечно, он очень нравился девочкам – это, вероятно, от отца. Такому нельзя обучиться,
вызубрить, достичь регулярными тренировками. Это –
каприз или таинство природы. Уже тогда, глядя на русые,
тёмные, рыжие и льняные головы, я могла сказать, кто из

них в скором будущем заставит лить по себе слёзы. Этот
– с двумя макушками и пристальным взглядом прищуренных глаз – точно был из таких. Девчонок он подчёркнуто сторонился, а они шептались и прыскали от смеха, когда он проходил мимо них.

Однажды я устроила ему допрос с пристрастием:

– Вадик, ну почему ты вечно держишь руки в карманах? Ты же знаешь, что это неприлично. Даже у доски стоишь, как… как не знаю кто.

– Мне так удобно.

– Но это же некрасиво, карманы совсем не для этого. Хочешь, положи туда ключи, платок носовой, ну, не знаю, шпаргалку, наконец. Интересно, а что бы ты делал, если бы у тебя в брюках карманов не было?

– Я бы их вообще не носил. Мне родители однажды купили такие уродские подштанники, потом их в Москву на подарки отвезли.

– Ну хорошо, а ты можешь мне по-дружески объяснить, почему «удобно»?

– А это как – «по-дружески»?

– Ну, как будто я не твоя учительница, а, например, Парфенёнок с последней парты.

– Не, Портвенёнку я такие вещи объяснять бы не стал.

– Почему?

– Не поймёт.

Этот маленький Дворецкий был не таким уж маленьким, и он был очень похож на отца. Пристальный взгляд и уверенность в том, что ему дано то, что недоступно другим.

– Вадик, я могла бы тебе всё объяснить, но мне хочется, чтобы ты сам попробовал проанализировать своё поведение и его скрытые причины. Ведь настоящие причины чаще всего бывают скрыты от посторонних глаз.

– Да уж... бывают.

– Ну как, попробуешь?

Светлые брови поползли к переносице: Вадим Дворецкий думал.

– Во всём виновата фамилия.

– У тебя очень красивая фамилия. А как быть тогда тем, кто Мочалкин или Пузиков? Фамилии разные бывают, знаешь, есть такой замечательный дирижёр Крыса. И ничего, прославил человек эту свою некрасивую фамилию, уважать её заставил.

– Вы слышали, как меня дразнят?

– В детстве всех дразнят. Если Хорев, то Хорёк, если Бубликов, то Бублик, если Горшков, то Горшок. Ты вон только что Парфенёнка Портвенёнком назвал, так ведь?

– Всё равно мне не нравится. Так слуг раньше называли. А я не слуга, и никогда не буду.

– Вадик, у тебя папа есть, ему обидно было бы слышать это. Смотри, какой он у тебя молодец, его все знают и очень уважают. («А некоторые даже любят», – мысленно добавила я. И сразу же стало стыдно и противно.)

– Я им всем ещё покажу! Мне вообще плевать. Ой, извините...

– Вадик, ты умный человек, и у тебя есть отец, которым можно гордиться. А значит, можно гордиться и вашей фамилией. Подумай, может быть, она от слова «дворец». Это же красиво?

– А ещё были дворяне...

– Ну вот! Знаешь, много замечательных людей были дворянами.

Маленький Дворецкий наморщил лоб.

– А почему их тогда в революцию убили?

На этот вопрос у меня не было тогда готового ответа. Во всяком случае, для четвероклассника.

– Давай так: когда-нибудь, может быть, ты станешь историком и сам найдёшь ответы на эти вопросы.

– А что, их ещё не нашли?

– Нашли. Но они могут быть и не совсем верными. («А вернее, совсем неверными», – но это уже про себя.) Вадик, скажи, я тебе помогла немного? Ты не будешь стесняться своей фамилии?

– А чего они дразнятся?

– Думай о том, что дворняги – самые умные и благодарные собаки. И не злись. Чем больше будешь злиться, тем больше будут дразнить. Я по себе это знаю.

Бедный маленький Дворецкий даже зажмурился от удивления.

– А вас что, тоже дразнили?

– Ну, конечно, дразнили. Я же не всегда взрослая была. Когда-то и я тоже в четвёртом классе училась.

– А мне казалось, что взрослые всегда взрослыми были.

– Я в детстве тоже думала, что моя бабушка всегда старой была.

– Да… Я тоже так про свою бабушку думаю. И про деда тоже.

– Ну как, может быть, будешь историком?

– Не знаю. Я, вообще-то, гонщиком хотел стать.

– Ну, подумай. У тебя ещё есть время.

Я отпустила вконец сбитого с толку ребёнка, не сказав ему главного: я сама любила карманы и тоже вечно засовывала туда руки.

Обычно мы встречались по средам. То есть надо было прожить два дня «до», и потом ещё целых четыре – «после». Я отказывалась думать о личной самореализации и про своего журавля напрочь забыла. Как-то я спросила Всеволода Леонидовича, почему раньше, ещё в школе, он много рассказывал о себе, а сейчас у нас больше чай и анекдоты.

– Потому что на это у нас нет времени.
– А на другое есть?
– А ты что, сюда поговорить со мной ездишь?

В общем, можно было бы и обидеться, и я даже собралась это сделать, но потом решила, что какая разница. Ведь я действительно езжу сюда не поговорить.

Мужа я старалась окружить самым нежным вниманием. Старалась и днём, и особенно ночью. Однажды, после моего особенно смелого захода, Игорь прошептал:

– Я даже не подозревал, что ты такая.
– Я тоже.

Есть теория, что «хороший левак укрепляет брак». В каждом случае у меня был мощный стимул беречь отношения. В одном – потому что это был любовник, в другом – потому что это был муж. Беда пришла, откуда она и должна была прийти. Я балансировала на проволоке на каблуках и без шеста и однажды грохнулась.

Мы с Дворецким остановились на светофоре. Окна были затемнёнными, бояться было нечего. Но в салон залетела оса, я начала опускать своё стекло, чтобы её выгнать, и тут заметила стоящий рядом служебный автомобиль моего мужа. В этот момент по официальной версии меня не должно было быть не то что на этом светофоре, а вообще в городе. У меня по средам, в мой свободный день, были занятия так необходимым мне «языком страны пребывания». С преподавателем, который живёт в пригороде.

Мы поехали дальше, но вскоре он развернул машину и – для моей же пользы прежде всего – высадил меня у ближайшего супермаркета. Я ходила по торговому залу и думала о том, что произошло. Щель в окне была небольшая, и я тут же подняла стекло, Игорь в нашу сторону не смотрел, всё в порядке. У меня имеется муж, с которым у нас уже есть немножко общего прошлого, и я хочу, чтобы будущее у нас было тоже общим.

А Дворецкий мог присутствовать в моей жизни только как тайна, с которой так захватывающе интересно жить, держа в кармане фигу. Всеволод Леонидович был намного старше меня, и все свои решения он продумывал заранее. Вот и тот домик нашёл, когда ещё приходил ко мне в школу справляться о своём сыне. Правда, мне в те времена не приходило в голову, что это место могло предназначаться не только для наших с ним встреч.

Больше мы за город не ездили. По ночам я представляла нашу избушку, днём готовилась к урокам. И, строго говоря, двойку надо было ставить как раз мне. Однажды Вадик Дворецкий доверительно сообщил, что его папа уехал поправлять здоровье в санаторий Петрово-Дальнее под Москвой, потому что он устал. «Устами младенца глаголет истина», - философски отметила я про себя и проглотила подступившие слёзы.

А в конце третьей четверти наша молоденькая физкультурница Наташка, которую прислали из Москвы вместо Петруши, рассказала мне за чашкой чая, какие замечательно сказочные леса водятся в часе езды от города. И какие чудные там встречаются избушки.

– На курьих ножках?

– Ну точно! Кажется, что на курьих ножках! Такая прелесть! Мариночка, а вы откуда знаете?

– Да так, видение было мне такое… Вы пьёте с сахаром или без?

Маленький Дворецкий теперь важничал и рассказывал, что «физручка» показала ему приёмы тхэквондо и обещала научить прыжкам на батуте. Мне очень хотелось спросить, как они собираются прыгать: вдвоём или втроём, вместе с папой. Потом я вспомнила, что ребёнок совершенно ни при чём, и молча погладила его по двухмакушечной голове.

Мы не могли не натыкаться друг на друга в городе, в магазинах, на территории посольства и в нашем клубе на общих обязательных дурацких мероприятиях. Он приходил туда чаще всего один, но иногда появлялся с женой. Исподтишка я рассматривала её и всё пыталась понять, как живётся ей с этим мужиком? Это какой же силой воли надо обладать, делая вид, что у них в семье всё нормально.

Жена была немолода, с тяжёлыми, в дорогих кольцах руками, большая, но не толстая. Длинная густая чёлка, вытравленная блондинистой краской, прямые волосы, прихваченные у шеи бархатной заколкой. И летом, и зимой она ходила в джинсах, заправленных в низкие сапожки, и какой-нибудь кожаной куртке или блузоне. Куртки, сапожки и джинсы менялись по сезону, но принцип оставался тот же. Издалека она смотрелась как молодая девица, и только вблизи можно было понять, что она ровесница мужа. Среди наших знакомых у неё была устойчивая репутация дуры.

Она всегда ровно улыбалась и ни о чём не расспрашивала. Дворецкий при встрече крепко пожимал руку моему мужу, делал корректный комплимент мне и иногда рассказывал анекдот, тоже корректный.

Как-то я увидела их обоих в компании с «физручкой». Всеволод Леонидович по-дружески приобнимал Наташку за плечи и громко призывал её расти, но не поправляться. Жена, стоя рядом, как обычно, улыбалась. В тот момент мне показалось, что она знает, вернее, понимает всё. И про меня, и про Наташку, и про тех других, о ком я могла только догадываться.

Был тихий весенний вечер, я возвращалась домой любимой окольной дорогой, где почти не было людей и машин и где кроны деревьев по обеим сторонам узкой улицы смыкались над головой.

Свет фар, распахнутая дверь, рука, которая вдёрнула меня в салон – и всё почти одновременно. Я знала, что рано или поздно это должно было случиться. Игорь уехал по делам в Москву, и я ждала. Но не его возвращения.

Скорость была высокой, шоссе почти пустым. И вдруг перед глазами что-то промелькнуло, как будто ветерок по салону прошёл. Дворецкий ударил по тормозам, но это было совершенно бесполезно. Автомобиль, который, почти коснувшись нас, на ещё большей скорости пересёк нам дорогу, уже скрылся в сумерках. Мы съехали на обочину. Понимание того, что произошло, вернее, могло произойти, приходило постепенно.

Мы молчали, и я мысленно прокручивала все возможные варианты: ребёнок без матери, Игорь – вдовец, все узнают, что я была с Дворецким, бедная мама не переживёт. И так далее. Полная каша в голове и слегка тошнит. Почему-то вспомнилось: «Скрипка и немного нервно»… Интересно почему?

Дворецкий сидел, откинувшись на подголовник и закрыв глаза. Потом злым голосом сказал:

– Вот поэтому я ничего не откладываю на завтра: ни деньги, ни удовольствия. Завтра меня может просто не быть. Всё надо делать сегодня, и жить надо сегодня. И брать от «сегодня» по полной программе, сколько унесёшь. Всё может оборваться в любую минуту, поэтому не нужно грузить себя и грузить других. «Люди встречаются, люди влюбляются, женятся» – помнишь такую песню?

– Да, в детстве мне нравилась.

– Мне тоже. А потом люди расходятся, и к этому надо быть готовым, не держаться и не цепляться. Надо уметь делать всё красиво, в том числе и расставаться. Правильно я говорю?

Боже мой, кто придумал эти сиденья, эту рулевую колонку, эту кошмарную коробку передач? На следующее утро выяснилось, что всё тело у меня в синяках и царапинах. В душе́ тоже всё саднило и ныло, как будто это она, а не моя спина, билась о выступы и рычаги честной трудяги «Вольво».

Вскоре они уехали. Какое-то время мой взгляд ещё задерживался на третьей парте у окна. Но там уже сидел другой мальчик.

А потом я поняла, что учительская ставка в посольской школе не стоит того, чтобы наш ребёнок жил в разлуке с

нами, и что мой полёт с журавлём откладывается на неопре-
делённо долгое время. Я быстро уволилась с работы и привезла из Москвы Серёжу, оставив безутешными мать и свою
сестру.

ГЛАВА 17

Москва – Кёнигсберг

Самолёт последний раз вздрогнул, Морица резко мотнуло вперёд. Скороговорка пилота с упоминанием температуры за бортом и просьбой оставаться на своих местах была приятна уху.

– Аэрофлот благодарит вас за полёт. Спасибо, что вы были с нами!

«Спасибо, что живой!» – эту фразу, адресованную то ли пилоту, то ли себе самому, он произнёс мысленно, зато с большим чувством. Впереди – пять рабочих дней, но, если прихватить субботу, получится небольшой отпуск – от Москвы, от домашних забот, от жены – у себя в Кёнигсберге.

Другого названия в доме не признавали. Его отца звали Отто Мориц, его мать – Тереза Кёниг, его самого при рождении нарекли Ингвар, и он, если верить семейной легенде, потомок рыцарей Тевтонского ордена. А в Москве он просто ИгорьОттыч, уроженец провинциального Калининграда, удачно зацепившийся в столице. Или же «немчура» и «супостат», как дразнила его сестра жены, свояченица то есть.

Когда-то в зоне прилёта его встречали родители: отец при галстуке и мать со старомодным кружевным воротником вокруг длинной, как у женщин Модильяни, морщинистой шеи и с обязательным маленьким букетиком цветов, прижатым к груди. Дома ждал стол, накрытый с учётом того, что любит их мальчик.

Эти времена давно прошли. Родители на кладбище, одноклассники, те, что поумней, – за границей, а те, кто остался в городе, занимаются кто чем: рэкетом, обналичкой, иномарками, держат придорожные кафе или притоны с проститутками, да что угодно, лишь бы заработать.

В зале ожидания теперь его встречает банковский водитель – бывший прапорщик пограничных войск Ниязкин, каждый раз пребывающий в плохом настроении при виде пассажиров, которых увозили в город совсем другие водители.

– Ну что, Санёк, не дают тебе покоя чужие сверхдоходы? Знаешь, как это называется? «Упущенная выгода». Ну, ничего, не переживай, ты своё по-любому нагонишь.

– А то! Даже не сомневайтесь, ИгорьОттыч.

Оба пытались шутить, и оба чувствовали застарелое раздражение по отношению друг к другу.

– Как ситуация в городе, как там наши священные рубежи? Дай свою экспертную оценку, Саня. Крым, конечно, наш?

– А то!

Мориц, откинувшись на спинку заднего сиденья, старался приучить себя к мысли, что ближайшую неделю ему придётся каждый день смотреть на этот складчатый затылок и слышать решительное «А то!»

«Личная неприязнь, замешанная на классовой ненависти, объединяет людей сильнее многого другого. И именно благодаря ей мы с Ниязкиным составляем устойчивую пару», – подумал он и закрыл глаза.

Нет, напрасно жена подозревает его в верности «идеалам». Он – не Ниязкин, его давно уже тошнит от всего, что происходит вокруг. И когда он вернётся в Москву, им нужно будет обязательно поговорить на эту тему, тем более что в последнее время они почему-то всё больше молчат. И во всём, как всегда, виновата Марина.

Мориц, как правило, останавливался в одной симпатичной частной гостинице, похожей на маленькую копию немецкого отеля. Обычная история: всё, что имелось в городе хорошего, было или ещё с довоенных времён, или новодел, подражающий Германии.

Вечером решил заехать к себе домой – проверить квартиру, в которой после смерти родителей никто не жил. Перед выходом из номера ещё раз просмотрел список дел на неделю, составленный ещё в Москве. Вот это дело тяжёлое, тяжелее только поездка на кладбище. Зато по возвращении в гостиницу он обведёт пункт «Съездить домой» кружком и почувствует облегчение.

Заходить в пустые, наполненные застоявшимися запахами прошлой жизни комнаты было тяжело. Здесь всё осталось как прежде, жизнь замерла, будто в ожидании. Открыл форточки, обошёл квартиру, лёг на свой диван. Глаза открывать не хотелось, он и так знал, что тень от соседнего здания ложится на стену и часть пола. А у книжного шкафа подломлена ножка, и вместо неё там лежат стопкой четыре тома из ПСС вождя мирового пролетариата. Это была месть отца за принудительную подписку на труды классика, объявленную когда-то на работе. Чинить шкаф он не торопился, помогало спасительное слово «потом». С тем и ушёл: думал, что в больницу, а оказалось – в вечность.

Почему родители не уехали в Германию, внятного ответа Мориц от них так и не получил. Отец ненавидел «оккупантов», но упорно держался за здешнюю жизнь. А мать считала, что муж лучше знает. Глядя на неё, трудно было представить, что и она тоже была пионеркой, собирала макулатуру и отбывала повинность на комсомольских собраниях. Тереза была примерной прихожанкой протестантской церкви, посещать которую жителям города когда-то настоятельно не рекомендовалось, прекрасно готовила, обычно из простейших продуктов, и нежно любила своего сына.

Мориц знал, что этим достоинствам давно уже было найдено название: «Kinder, Küche, Kirche» [11] – три «К». Позже вычитал, что на самом деле этих «К» – четыре. Последним номером шло «Kleider» – наряды. Это было больше чем правда.

Как мать умудрялась хорошо выглядеть, Мориц хорошо знал. Она сама шила, а вернее, перешивала из старого, вышивала, вязала. Высокая, с узкими прямыми плечами и впалыми, как у Греты Гарбо, щеками, она выделялась среди мамаш одноклассников своего сына. На ней смотрелись самые простые платья, которые она любила украшать ажурными воротниками собственной работы. Представить мать без них у Морица не получалось.

---

[11] Kinder, Küche, Kirche (нем.) – дети, кухня, церковь.

За полгода до своей смерти она открыла ящик комода и показала ему стопку вещей: тёмное платье, бельё, плотные чулки. Сверху лежал кружевной воротник.

— Это, ну, ты сам понимаешь, для чего. Только не говори, что всё будет хорошо, диагноз ты знаешь.

Мориц тупо смотрел на вещи. Он не понимал.

— А для чего чулки, мама?

— Потому что так положено. И потом, «там» я должна прилично выглядеть. В конце концов, мне предстоит встреча не только с Богом, но и с твоим отцом.

Она попыталась улыбнуться, но брови её сошлись к тонкой переносице, образуя на лбу скорбный рисунок из морщин.

— Мне не страшно умирать, мне страшно оставлять тебя одного.

— Что значит «одного»? Это не так.

— Мы с папой так хотели, чтобы ты был счастлив…

— Я счастлив — местами и временами. По-другому не бывает, мама. Вспомни свою жизнь с отцом.

— Дело в том, когда и с кем ты бываешь счастлив. Живёшь с одними, а счастлив с другими? Ну, хорошо, не будем об этом. Ты отдашь эту одежду кому следует. Они сами всё сделают, ты не должен этого видеть. Ты мне обещаешь?

Жизнь Морица давно разделилась на две половины, и шов между ними не зарастает. «Здесь и там», «тогда и сейчас» никогда не сойдутся и не помирятся.

В юности мечтал вырваться в Москву, добиться, состояться. У него получилось: приличная карьера, относительный достаток, любимый сын и жена — умная, приятная почти во всех отношениях женщина.

С тех пор, как однажды в знакомой «Вольво», стоящей по соседству на светофоре, опустилось затемнённое стекло и в салоне, рядом с тем хлыщом Дворецким, он заметил Марину, прошло много лет. После того случая Мориц разрешил себе не мучиться неудобными вопросами и не искать на них ещё более неудобные ответы. Он разрешил себе всё, полагая, что всегда лучше идти с опережением, тем более если на пятки тебе наступает собственная жена.

Что происходило, если происходило, в той части её жизни, которая, как за тёмными стёклами «Вольво», была от него скрыта, он старался не вникать. Развод был исключён по многим причинам – прежде всего потому, что он этого не хотел. Жить с Мариной было нелегко, жить без неё было бы невыносимо. Но когда ей потребовалась дамская операция с неприличным коротким названием, неожиданно для себя легко согласился.

Мориц поправил плоскую подушку, проверил почту на телефоне, опять закрыл глаза. Прошло несколько месяцев, как его жизнь переменилась, и прежней она уже не станет никогда. Мысли опять пошли по накатанному кругу.

…И почему вдруг Марта, какая ещё Марта? Когда представлялась, прекрасно владела собой, бесстрашно и весело смотрела ему прямо в глаза: «Очень приятно, Марта». И крепко пожала ему руку. Ну что за комедия… Ладонь была холодная, как у замёрзшего ребёнка, такая родная лапа, и чуть дрожала. А он в этот момент тихо умирал. Интересно, она догадывалась, кто к ним приедет третьим? Наверняка да. Так что пусть, в случае чего, не отпирается. А в случае чего? Они что, увидятся ещё? А ему это надо? А ей? Как хорошо было тогда сидеть у весёлого, ароматного огня в камине и видеть её чуть склонённую голову и светлую нить пробора в когда-то тёмных волосах. Он любил целовать этот пробор, а Оля в эти мгновения замирала, всем телом прижимаясь к нему и оборачивая руки вокруг его пояса. Она же маленькая была, но, собственно, маленькой и осталась, а кажется – подросла. Понятно, что дома командует она, этот сусик только внимает и делает, что ему скажут. Хороший парень, хотя и не орёл. Дать бы ему в морду раза́, а лучше потом ещё добавить. Чтобы руки на чужое не распускал…

Агата… Так странно понимать, что эта совсем взрослая девушка – его дочь. Да, конечно, вот и шея у неё – такая же длинная, как у бабки. Она настоящая американка, дома ещё говорит по-русски, а всё остальное – на английском. На родину не ездила ни разу и не собирается, и Оля тоже не собирается.

И он тоже не собирался, ну совсем не собирался он встречаться с ними. Всё давно уже в прошлом, которое лучше было бы не тревожить. Ах, как же тогда было здорово… Она села в кресло напротив него, понятно, что неслучайно. Он чувствовал то самое: «Мы провода под током», – отец любил Пастернака, а он сам в те годы ещё ничего не понимал… Да, надо будет достать его том, он в дальнем шкафу на второй полке, рядом с Северяниным. Забавно, в жизни они так не любили друг друга, а на книжной полке стоят рядом… И с кем рядом поставит нас жизнь после нашего ухода? И что делать с той историей, и что делать с Олей, которая теперь почему-то Марта, и с той взрослой девушкой, похожей на колокольчик на длинном стебле? Как хорошо, что у них там всё сложилось, сложилось без него. Нет, не нужно было ездить в этот Нью-Йорк… Как это всё вообще могло случиться? Но так бывает, жизнь любит закольцовывать свои сюжеты, это ему ещё Галка говорила, а мы, дураки, просто недооцениваем её коварство…

Мориц спал, как в детстве, подложив правую руку под щёку. На лице его ничего особенного не прочитывалось, и только густые брови были сведены к переносице, образуя на лбу скорбный рисунок из морщин.

Рано утром он вернулся в гостиницу, принял душ и, смывая с себя ароматную пену, подумал о том, что волос на груди – такой хорошей мужской шерсти – могло бы быть побольше. Ещё хотелось иметь пресс о шести кубиках, и вообще, нужно срочно худеть, иначе гардероб, на который потрачена уйма денег, придётся полностью обновлять.

Через несколько минут он встал перед зеркалом: песочные брюки, синий пиджак, коричневый ремень со строгой эмблемой «Hermes». Плотный воротничок полосатой рубашки туго обнял загорелую шею Морица, и его переменчивые светлые глаза сразу же заиграли голубым. Плечи распрямились, живот подтянулся, ноги в узких бежевых туфлях «Santoni» смотрелись тоже неплохо. В целом Мориц остался доволен собой. Мелкие дефекты, конечно, присутствуют, но о них знает только жена, а это почти не считается.

***

Рабочее расписание он составил ещё за месяц до поездки. Каждый день был тщательно, с его обычной педантичностью, спланирован. В понедельник часть времени будет потрачена на пререкания с местным менеджментом, потом совещание, потом он засядет за документы, а вечером придётся остаться на небольшое парти, которое устраивают в честь него. Вся неделя пройдёт, как и обычно, на работе. Для себя он приберёг субботу – и чтобы ни одна сволочь не смела ему помешать прожить этот день так, как он хочет. Ему не нужны увешанные местным янтарём банковские операционистки, а за деньги – ему всегда было западло. Не нужны также встречи с братвой, которые когда-то были его одноклассниками. Ему хочется остаться наедине со своим прошлым: сходить на могилу к родителям, постоять у дома, где когда-то жила Оля. В конце концов, он уже немолод и, кажется, уже сентиментален.

Главное, не столкнуться в городе с Генкой. Генка – не мужик, хотя и женщиной её назвать тоже трудно. Она из тех, кого по-немецки называют Jungfer[12]. Генриетта Оттовна Мориц, сводная сестра Игоря и – когда-то – пожизненный упрёк отцу за ошибку молодости.

«Бойтесь бояться», – напомнил он себе по дороге в банк: сестра стояла у низкой витрины маленького магазина и внимательно рассматривала её содержимое.

Это были не украшения, надетые на растопыренные тонкие пальчики манекенов, не туфли, которые оформители любят помещать на витрины среди искусственных цветов и фруктов, и не дамское бельё, бесстыдно оголяющее тощие зады и твёрдые гуттаперчевые груди почти настоящих красавиц.

На витрине в ледяной крошке лежала свиная голова с ожерельем из сосисок и пучком пластмассового укропа, торчащего из скорбно приоткрытой пасти... Игорь тяжело вздохнул. Отступать было некуда, проплыть незаметной тенью за спиной сестры уже не удастся.

– Генаша, как хорошо, что я тебя встретил! А я на домашний тебе набирал, но там – молчание, решил, с работы перезвоню. Как дела, гордость семейства?

---

12 Jungfer (нем.) – старая дева.

«Старая дура, всё никак не нажрётся! Вот, брат свинья, из-за таких, как эта лохань, тебя ведут под нож, а потом выкладывают твою башку на витрину», – Игорь сокрушённо вздохнул. Отказ от мяса дарил несколько серьёзных преимуществ, в том числе чувство превосходства по отношению к тем, кто его ел.

– Давно прилетел? Плохо выглядишь.
– Спасибо на добром слове. Вчера.
– Приходи вечером, у меня курочка будет запечённая, салатик сделаю.
– Не ем я курочек, ты же знаешь. И потом, у меня сегодня парти на работе.
– Чего?
– Вечеринка, типа фуршет, не знаю, как понятней объяснить.
– Была охота торчком торчать. Смотри, обижусь! Ты и так тайком от меня к нам ездишь, заносишься. Я же вижу.

Назревал конфликт интересов, и Мориц решил нанести упреждающий тактический удар.
– А приходи лучше ты к нам. Себя покажешь, на людей посмотришь.
– Это где? В банке? А во сколько?
Мориц молча смотрел на свиную голову за стеклом витрины и ощущал с ней некоторую родственность. Даже вкус пластмассовой петрушки на зубах почувствовал. Какая же сука эта Генка, прости господи.

Понедельник ничем не удивил: были и пререкания, и жалобы на московский офис, и совещание с разбором полётов. Мориц понимал, что его худшие подозрения относительно

того, что же на самом деле происходило здесь, оправдыва-
ются. Часть активов, прикрытая прыгающими кредитными
ставками, уходила из банка, а вернее, из его филиала.

Калининградский офис маленький, все люди на виду.
Управляющему Кричевскому точно слабо, он страсть как не
любит волноваться, пьёт по восемь таблеток зараз, у него и
коробочка специальная для лекарств есть, по дням недели
расписанная, мечтает отойти от дел и заняться своей симпатичной дачкой на берегу залива.

Кто-то из молодых волков? Антон – нет, у него жена
– генеральская дочка, всё уже есть, а будет ещё больше. Не
станет он рисковать. Фокин – никогда, он тупой рядовой
исполнитель. Завидует богатым, злится и ничего не делает,
чтобы изменить свою жизнь.

Зайцева… Человек, который постоянно улыбается, не
внушает особенного доверия. Иногда её голос выдаёт сдер-
живаемое раздражение, которое она испытывает к старше-
му коллеге из головного офиса, это Мориц не раз уже заме-
чал. Что плохого сделал он ей, неизвестно, но разве любят и
ненавидят за хорошее и плохое?

Наладить отношения с Зайцевой не получалось, она
приходила на аудиенцию с папками и заранее подготовлен-
ными ответами на его возможные вопросы. Гладкая причёска, лёгкий макияж, узкая юбка. И лишь высокий разрез по
боковому шву нарушал целостность образа, давая возможность рассмотреть приличные ноги и прозрачные, цвета
лёгкого загара чулки. В том, что она носит именно чулки, а
не колготки, Мориц был почему-то уверен. Зайцева – девица хотя и деловая, но за собой тщательно следит: в солярий
ходит, на массаж и, как говорят злые языки, на эпиляцию.
Где там она себе растительность истребляет, непонятно, но

ей виднее. А вообще, типичная corporate bitch[13], по-другому не скажешь. Сорок лет, не замужем, но, видно, школа жизни была хорошая. Взгляд такой, будто она к мужикам с линейкой в руках подходит. Какой-то дискомфорт, тревогу генерирует вокруг себя эта женщина, потому, наверное, и одна.

Зайцева, как обычно, припёрла с собой три папки и чётко ответила на все подготовленные Морицем вопросы, услышав его ровно настолько, насколько сама считала нужным. «По-хорошему, к нам её нужно переводить, она же толковая, серьёзная, ответственная. Но только кто ж такую будет рядом терпеть, кто же согласится на эту пытку?»

В Москве при виде неё весь персонал каждый раз занимал оборонительные рубежи, стараясь не высовывать головы из окопов. Эта женщина одним словом может срезать, одним взглядом привести человека в состояние, близкое к истерическому. Про лучшую половину рода человеческого даже говорить не приходится, этих беспозвоночных Зайцева просто не замечает – со всей накопленной презрительной ненавистью уроженки дальней провинции, бывшей когда-то частью «старой доброй Европы». Зайцеву интересует возможность подрезать мужика, причём из старшего и руководящего звена. Мелочёвку она игнорирует, чем ещё больше настраивает людей против себя.

– Людмила Николаевна, как всегда, спасибо. Что называется, все вопросы с языка у меня снимаете.

Мориц чувствовал, что он немного заискивает. Хотя что значит «немного»? Можно или заискивать, или нет. Он – заискивал и от этого не любил себя, а потому, в свою

---

[13] Corporate bitch (англ.) – стерва.

очередь, не любил её. «Люди, которые заставляют нас не любить себя, очень противные. А она – самая противная», – подумал он, понимающе кивая головой вслед её словам.

Противная Зайцева сидела, чуть отодвинув кресло от стола, чтобы можно было положить ногу на ногу. Руки были тоже скрещены на груди. Классическая закрытая поза: «враг не пройдёт». И рот тоже на замке держит. Никогда ни слова плохого ни о ком, хотя очевидно, что в упор никого видеть не хочет.

Нет, не будет тебе, Зайцева, ходу, так и будешь ты всю жизнь на вторых ролях в региональном отделении торчать, подставляя свою умную и красивую башку под удар там, где твой начальник пускает пузыри.

Сама она, скорее всего, даже не в доле, но, конечно, прекрасно осведомлена, как устроена схема утечки дензнаков. И ни за что об этом не расскажет ни Морицу, ни прочему руководству. Потому что она так решила. «Мерзавка» – как любит говорить в подобных случаях его жена.

По старой офисной привычке Мориц захватил с собой для парти запасную рубашку и оказался прав. В конце длинного и утомительного дня умылся, переоделся и снова почувствовал себя в форме.

Интересно, неужели Генка и впрямь притащится? Сидела бы лучше дома наедине со своей курочкой…

В переговорных уже собрали в гармошку межкомнатную перегородку, накрыли стол. Местный деликатес – копчёный угорь – был, естественно, гвоздём программы. Водка и прочие безобидные, но иногда коварные напитки – в ассортименте. За бородинским хлебом, который все любят, сгоняли в пекарню. Как жена это называет? «Вкус, знакомый с детства»… Правда, детство у них было разное, и его вкус – тоже. Ладно, не думать, потом, всё потом. А сейчас можно и выпить, но самую малость, чтобы не доставлять удовольствие тем, кто следит, на чём же их земляк срежется.

Поначалу он ещё верил, что его приглашение так и останется шуткой. Но, когда сестра, прижимая к груди свёрток с туфлями, показалась в дверях, главной задачей Морица на предстоящий вечер стало уберечь её от глаз и языка Зайчихи. Мориц быстренько представил Генку коллективу и решил, что наилучшей компанией для неё будет старый Кричевский. Пусть он ей про свою дачную флору рассказывает, а она ему про культуру задвигает.

– Вот, Лев Иваныч, разрешите представить вам мою сестру: Генриетта Оттовна, бывший сотрудник городского управления культуры, сейчас на заслуженном отдыхе.

Непонятно как, но скоро пара Кричевский-Генка приросла третьим персонажем – Зайцевой. Вскоре Кричевский тихо отполз пить свои таблетки, а дамы остались «один на один».

«И да храни вас Господь, аминь!» – Мориц уже слышал тихое позвякивание стальных доспехов. Зайцева, встретившись с ним взглядом, как обычно, ласково улыбнулась…

Генка жила в старой части города рядом с банком, так что возвращались пешком. Она опять прижимала к груди туфли, которые забыла переодеть в офисе. Мориц провожал сестру и думал о том, какой же он дурак. То есть не такой дурак, как ему раньше казалось, а ещё хуже.

– Вот веришь, прямтак ей и сказала: «Я тридцать лет в культуре, бл@дь!»

– Что, «прямтак» и сказала? – Мориц ещё надеялся на чудо.

– А чего? Она же проститутка, не видишь? У неё и разрез на юбке до этого самого места. Я ей говорю: «Не нравится тебе, как мы наше культурное наследие сохраняем, так и вали отсюда, никто здесь по тебе плакать не будет». Так её отпела, долго меня помнить будет.

– А заодно и меня. Гена, давай о приятном. Как там мой Кузьма?

Год назад Мориц зашёл на городской рынок и в придачу к квашеной капусте купил смешного пятнистого кролика, которого продавала какая-то малосимпатичная баба. Решил подарить его на день рождения Генке, пусть будет ей утешение на старости лет. Нашёл красивую коробку, в стенках проделал дырки, внутрь положил тряпочку, а на крышке красным фломастером написал: «Кузя».

– Намучилась. Еле квартиру отмыла. Ты мне больше кролей не носи, слышь?

– Не буду, успокойся. Ну как он, подрос?

– Подрос, такой лось вымахал. В морозилке лежит, со всеми удобствами. Мне его Додик из нашего гастронома по всем правилам разделал. Передок уже скушала на День защитника отечества, а заднюю часть до светлого Христова Воскресенья оставила. Буду делать стол, вот и сгодится твой Кузьма для Божьего дела – с морковочкой потушу. Я перепелов теперь завела, на кухне в клетке живут. Гадят без меры, мусору от них полно, и спать, паразиты, не дают. Но зато яички имею на завтрак, и, если что, всегда бульончик можно сварить.

Ночью Мориц вспоминал Кузю, его большие пугливые глаза и розовые прозрачные уши. Он мог бы сейчас прыгать у кого-то по комнате, спать на подушке и есть свои салатные листья, кто-то целовал бы его по утрам и укрывал пледом вечером. Как там у Маринки в рассказе: «Он не "продукт", он – личность!» Как будто знала…

Мориц вставал, заваривал себе из гостиничного чайника чай и пробовал думать о другом.

Неделя получилась бестолковой, график был сломан в самом начале, запланированные дела пришлось заканчивать впопыхах и чаще уже глубоко вечером.

В пятницу вечером к Морицу в кабинет постучала Зайцева. После вечеринки обычная её улыбка стала ещё ласковей. Или, может быть, ему так показалось.

– Вы меня всё равно бы вызвали, поэтому я и решила зайти. Знаете, всегда приятно самой управлять ситуацией или хотя бы думать, что это так. Вы согласны?

– Садитесь, Люда.

– Я – Мила.

– Отлично. «Мила» мне даже больше нравится. Я действительно хотел с вами поговорить, так сказать, на посошок. Мы с вами в «Цетлере» можем посидеть, там вроде пиво неплохое. Идёт?

Зайцева понимающе окинула взглядом стены кабинета, усмехнулась и кивнула.

ГЛАВА 18

Калининград – Москва

Всё сложилось просто замечательно. Ниязкин, уже прикидывая, сколько он заработает на обратном пути, лихо домчал служебный «Мерс» до аэропорта, посадка на самолёт прошла без задержек, сосед у Морица так и не появился. Высокие подголовники скрывали тех, кто сидел поблизости, в том числе и его самого. Он выбрал место у окна, ослабил ремень брюк и закрыл глаза.

…В «Цетлере» по случаю пятницы было многолюдно, шумно и жарко. Ну вот, «сняла решительно пиджак»… Дальше сходство с песенным сюжетом заканчивалось. Пиджак был её собственный, и повесила она его аккуратно на спинку высокого барного стула. Светлая блузка застёгнута под горло, и опять нога на ногу, опять скрещенные руки: «враг не пройдёт».

Трудно ей, наверное, она же всё время в обороне. Понятно, что никому не доверяет, что всех презирает, понятно, что сама не ворует. Этот пункт имеет принципиальное значение и объединяет их больше, чем всё остальное, если таковое имеет место.

Зайцева пила розе́, что указывало на её хороший вкус и, вероятно, желание держать ситуацию под контролем. А ей бы расслабиться, довериться жизни, мужчине – ну, например, ему.

– Я, Мила, прежде всего, хотел извиниться за сестру. Чёрт меня дёрнул её к нам позвать. Отрава жизни моей…

– Да, вас в родстве трудно заподозрить. У вас отец общий?

– Эх, как его угораздило, не могу понять: Генриетта получилась – точный слепок своей мамаши. Что называется, «школа и институт оказались бессильны». О чём же вы говорили, если не секрет?

– Генриетта Оттовна рассказывала, как чудесно обстоят у нас дела с историческим наследием города. Про то, что кладбища под коммерческие проекты изводят, ничего не знает, что прусские замки втихую попа́м передаются, тоже. А когда я про «Домик Канта» спросила, у неё истерика началась. В общем, извините, если что не так. Но, в конце концов, жертв и разрушений не было, помещение мы своим ходом покинули. Хотя я понимаю, что стулом по голове могла получить в тот вечер запросто.

– Ну, я бы такого не допустил! Вот интересно, проработал человек всю жизнь в Управлении культуры, а правильнее было бы сказать – в Управлении культурой. Сколько же она там нагадила, извините за слово. Мила, а вот вопросик такой – не по теме: вы… ведь в курсе?

– Чего?

– Ми-ла…

– Хороший вопросик. Хотите, чтобы я вам так прямо и ответила?

– Хочу.

– Тогда, пожалуйста, любой каприз за ваши деньги: да, в курсе.

– И вы мне ничего не расскажете?

– Даже не подумаю. Это только в книжках типа «The firm» всё хорошо кончается. А потом по их сюжету ставят фильмы с участием популярных актёров. В жизни, тем более в нашем отечестве и тем более в нашем городище, всё по-другому, и вы даже догадываетесь как. А у меня, знаете ли, большие планы на будущее. Интересно, вот вы немец по крови, а отсюда уехали к русским, в Москву, по сути, в деревню, это даже из нашей «провинции у моря» видно. А я, русская, буду жить в Германии. А вы не догадывались? Неужели вы думали, что я всю жизнь буду в этом банке торчать, за Кричевского мозги свои ломать и наших гопников учить, как дебет с кредитом сводить? Я думала, вы обо мне лучшего мнения. Я уезжаю. Уже получила вызов и, что называется, пакую вещи. Так что, скорее всего, это наша с вами последняя встреча.

– А в банке кто-то знает?

– Кричевский. Но я его так запугала, что он и после моего отъезда будет молчать.

– А как же вам это удалось?

– Зачем вам знать? Многие знания…

– …многие печали. Понятно.

Да, она ничего не расскажет и правильно сделает. И ему тоже никуда соваться не нужно. Воруют все, везде, кто сколько может, а сейчас это делают с особой страстью: надо успеть, пока контора не накрылась медным тазом. То, что сам он на зарплате сидит, особой чести ему не делает: его не берут в долю, потому как немец, а немцы для этих дел плохо приспособлены, даже такие, калининградские.

— Мила, а давайте забудем про работу, ну её к бесу. Давно я не сидел в такой приятной обстановке с красивой женщиной. Как вам вино? Ещё бокал?

Они перешли от барной стойки на освободившийся угловой диванчик. Мориц с удовольствием вытянул затёкшие ноги. Зайцева тоже наконец-то села по-человечески, сплетя пальцы вокруг высокого бокала.

Пальцы длинные, шея тоже длинная. Но у Агаты лучше. А что её родители делают сегодня вечером? Будут, наверное, в своей гостиной чай пить или вино, будут разговаривать или фильм смотреть, а потом на второй этаж спать пойдут. К несчастью, он разглядел через полуоткрытую дверь их широченную кровать под пушистым покрывалом. Так что теперь нетрудно было представить на ней Олю рядом с тем сусиком и её маленькие ноги под его коленками…

Она же всегда мёрзла, а он не понимал почему. Потом выяснилось, что гемоглобин низкий. Разве мог он тогда представить, что скоро начнётся круглосуточная тошнота и мучительная рвота по утрам, а потом случится та дурацкая поездка в Москву, больница, почти аборт. И какая-то рыжая Ирка умоляет её не делать этого. А он же не ясновидящий, чтобы заранее знать, что она к нему без предупреждения завалится, он вообще в это время с невестой в Юрмале отдыхал.

И вот из всего этого кошмара, слёз, крови, рвотных судорог, из её молчания, одиночества и страха рождается девочка Агата с мраморной шеей и тёмными, как у матери, глазами. А потом им встречается этот сукин сын Ефим, а потом появляется дом в Америке, собака Дина и косули под окнами, чёрт их дери…

– Мила, а я иногда тоскую по нашим местам. Вы, может, тоже скучать будете.

– Знаете, одну мою подругу пугали, что она за границей от тоски вообще зачахнет. Так она отвечала, что лучше там зачахнуть, чем здесь. Удачно, по-моему.

– И как? Не зачахла?

– Господь с вами, у неё всё замечательно. Подробностей, правда, не знаю.

– Поссорились?

– Ну, на мой характер с подругами не ссорятся и не мирятся. Просто свела общение на нет, давно ещё. Знаете, о чём я мечтаю, Игорь Оттович?

– Про «Оттович» забудем, ладно? Меня дома Ингвар звали.

– Хорошо, забудем, Ингвар Оттович.

– А вы крепкий орешек. Ну, хорошо, вернёмся к нашему разговору. Так о чём вы мечтаете? Смею предположить, о карьере, об отношениях серьёзных…

– Осточертела мне эта ваша карьера. Я замуж хочу и родить, если успею… А от «отношений» меня давно тошнит. Слушайте, а почему у мужчин в нужный момент всегда при себе презерватив оказывается? И зачем в пиджаках делают малюсенький карманчик изнутри? Специально для этого? Как же мне всё это надоело… Мне муж нужен, и чтобы всё по-настоящему, даже свадебное платье. И вот когда у меня будет всё, может, я и выйду на связь с той подругой. Уже на равных. Не люблю, когда меня обгоняют…

Видно, и розе́ не всегда бывает безобидным, особенно если на голодный желудок да после рабочего дня. Женщина, сидящая напротив Морица, забыла про свою улыбку, и на лицо её тенью легла усталость.

«Ну что, Зайцева, счастливого тебе пути. У тебя всё получится: с твоей-то хваткой… А вот закончить этот вечер хотелось бы в соответствии с законами жанра, чтобы не было потом мучительно больно», – Мориц пил своё пиво и наблюдал за ней.

Где та заграница, где та Германия? Они – в Калининграде, которому никогда уже не стать Кёнигсбергом, они – в глубокой «провинции у моря». И они вряд ли ещё увидятся. И пусть не врёт, что ей осточертели мужики, Мориц всё равно не поверит.

– Мила, вы помните Стэнли Ковальски?
– Трамвай «Желание»? А почему вы вдруг спрашиваете?
– Не скажу.

До её дома доехали на такси, Ниязкина Мориц отпустил ещё в офисе.
– Вы меня пригласите? На чашку кофе?
– У меня дома больной отец. И у нас, знаете ли, плохо пахнет.
– Так поехали ко мне в гостиницу. Пожалуйста…

Она снова улыбнулась своей подлой ласковой улыбкой и протянула ему руку. Потом подумала и поцеловала его в шею рядом с ухом. Тягучий запах духов окончательно испортил ему настроение.
Уже в дверях обернулась к нему:
– Ну, хорошо. Заходите.
В квартире было чисто, тихо, и пахло там хорошо.
В ответ на удивлённый взгляд Морица Зайцева усмехнулась:

– Это я страшилку такую придумала. Действует безотказно, особенно запах отпугивает, сами понимаете. Можете спокойно проходить, отца там нет – ни больного, ни здорового. И никогда, кстати, не было.

Большое кресло, пара модных журналов на выбор. Извинилась, сказала, что пошла переодеваться в спальню. Кого она обманывает? Он что, журналы читать сюда пришёл? В ванной со сложной подсветкой Мориц тщательно вымыл руки и пощупал изнутри полу пиджака. Прошло достаточно времени для того, чтобы Зайцева успела самостоятельно сбросить с себя свою офисную амуницию. Вошёл без стука, зная, что это лишнее.

Она стояла, по-прежнему одетая, перед большим напольным зеркалом в узкой раме и внимательно смотрела на своё отражение. Ну что же, тем приятнее будет увертюра. Или интродукция.

Вот эти штуки, которые на крючках и тоненьких бретельках, он любил больше всего и прекрасно умел с ними справляться. Зайцева продолжала рассматривать себя. Ощущение какой-то смешанной реальности... Всё двоится, и сло́ва-то подходящего для этого не придумаешь... Да какая разница... Боже мой, у неё же грудь, оказывается, есть, и приличная... У неё ли? Или у той, что в зеркале? И он ли это стоит за спиной красивой женщины в чужой квартире, в родном городе, накрывая руками незнакомые плечи и то, что ниже и чему нет названия, потому что это слишком хорошо...

Глядя на своё отражение, он удивлялся собственным замедленным движениям. Но вот юбка, задержавшись на бёдрах, раненой птицей улеглась на полу, обнимая щиколотки своей хозяйки, которая, сделав небольшой шажок, ногой отбросила её в сторону. Да, он оказался прав: Зайцева действительно носила чулки…

Они так и не смогли отойти от зеркала. Коварное стекло: теперь всё, что произошло между ними, оно сохранит навсегда. Где заканчивалась иллюзия и начиналась реальность, теперь уже никто не скажет – каждый видел то, что ему хотелось.

Немножко закружилась голова от всплывших в памяти подробностей. Он открыл глаза, посмотрел в иллюминатор. Темнота была мрачной и плотной.

Она всё поняла без слов и опять встала на каблуки. И её отражение в зеркале после этого стало ещё красивее. Но, может быть, всё это ему пригрезилось? Тогда почему так сладко заныло где-то глубоко внутри? И мышечная память – её же не обманешь… Мориц осторожно перевёл дыхание и украдкой огляделся по сторонам.

Ему не хватило пары минут при прощании: ещё чуть-чуть, и он вошёл бы в лифт, чтобы никогда больше с ней не встретиться.

– Ингвар Оттович, кстати, а знаете, как ту мою давнишнюю подругу зовут? Имя назвать? Или сами догадаетесь?

Мориц, предчувствуя недоброе, молча смотрел на неё. Зайцева, придерживая входную дверь, как обычно, ласково улыбнулась, сочувственно вскинув брови «домиком».

– Как же я уговаривала её не рожать от вас, Ингвар Оттович, а эта дурочка не послушалась. Да если бы не Фимка, она так и мучилась бы здесь на пособие для одиночек… Но, видно, Бог убогих любит. Это я их познакомила, если вам интересно. А он её замуж с вашим ребёнком взял и в Америку увёз, если вы ещё не в курсе. Здорово, правда? Ну, счастливо оставаться, больше не увидимся.

Дверь громко захлопнулась, послышался лязг замков: «враг не пройдёт».

В номере он почему-то не стал включать свет и, кажется, в ту ночь так и не уснул. Впрочем, это было неважно.

…Начиная с того года, Оля сама на связь не выходила и никак не напоминала ему о своём существовании. А он старался убедить себя, что раз молчит, значит, всё там неплохо. Она позвонила единственный раз, чтобы сообщить, что вышла замуж и что они уезжают. Ему срываться с места для прощания совершенно излишне и деньги присылать больше не нужно.

Он немедленно вылетел в Калининград и выслеживал её два дня. Потом на последнем этаже какого-то подъезда целовал ей руки, плакал и пытался что-то объяснять, а она молчала. С дочкой он так и не попрощался, с ней в тот день занимался её муж.

А эта Зайцева, оказывается, уговаривала свою подругу погубить ещё не родившегося ребёнка, его Агату. Какая дрянь…

Чтобы занять себя до наступления утра, решил собрать чемодан. В боковое отделение положил полотняный мешочек с вышитым гладью снегирём на ветке с красной ягодой в клюве. Он помнил, как когда-то мать подбирала нитки для пёрышек, как бегал он к окну, чтобы посмотреть на живых птиц и проверить, всё ли правильно на вышивке.

Мать называла мешочек смешным словом «саше́» и хранила в нём свои кружевные, сложного плетения воротнички, так хорошо подходившие к её длинной шее и узким плечам. Почему-то, уходя из квартиры, он взял из комода в родительской спальне вот этот, округлой формы, со звёздами снежинок, и ещё «саше́» со снегирём.

Сняв с вешалки пиджак, вспомнил про маленький внутренний карманчик в подкладке и похвалил себя за предусмотрительность, с одной стороны, и внимательность, с другой. Через две минуты пиджак лежал среди других вещей, а в мусорной корзине белел маленький комок туго свёрнутой бумаги. Видеть его содержимое горничной было совершенно ни к чему.

Впереди его ждало самое тяжёлое дело, проходившее в его списке под номером восемь и до сих пор не обведённое кружком.

* * *

Сначала прямо, потом налево, потом опять прямо, и узкая тропинка вглубь. Калитка на их участке никогда не запирается, уходя, он просто вставляет палочку в ушки для замка, которого здесь сроду не было.

Убрать старые листья, помыть памятник и витую решётку, принести свежий песок. За памятником стоит совок и пластиковый контейнер для воды, а неприлично яркие, нарядные тряпки вместе с хозяйственными перчатками он каждый раз заново покупает по дороге. Сходить к кладбищенским воротам, выбрать у тёток-продавщиц рассаду. Посадить в ещё мёрзлую землю розовые и фиолетовые цветочки, названия которых он никогда не мог запомнить.

Отец так ценил чистоту и ordnung[14]. Поэтому цветник Мориц делал сам, вымеряя бортики по миллиметрам, поэтому в земле закопаны керамические урны с прахом родителей и деда, никаких гробов. Чистота и порядок.

Мрамор памятника скоро опять покроется пылью, цветы, скорее всего, погибнут, а зимой всё будет завалено снегом. Хорошо, что он этого не увидит. В памяти останется картинка прибранной могилы, и этого ему достаточно.

Генка сюда не приезжает, потому что здесь лежит не только отец, но и мать Морица, и потому что они – протестанты.

Почему-то там всегда холодно, даже в тёплую погоду. На обратном пути Мориц купил бутылку водки, солёных огурцов, банку шпрот и полбуханки чёрного хлеба. Сейчас он отмоет туфли от кладбищенской земли, насухо протрёт их салфеткой, примет горячий душ, нарежет хлеб толстыми кусками и немного выпьет.

До Олиного дома в тот день он так и не добрался. Утром, по дороге в аэропорт, попросил Ниязкина проехать через знакомый переулок и остановиться перед ветхой пятиэтажкой.

Она боялась выходить на балкон, ей казалось, что он может, как шоколадка, отломиться и упасть вниз. Балкон до сих пор на месте, на верёвке сушится чьё-то бельё, а Оля давно в Америке. И та девочка, которая могла бы быть его дочерью, – тоже там. Говорят, дочки ближе к отцу, а сыновья – к матери. А у них с женой сын ближе всего к своей тётке.

---

[14] Ordnung (нем.) – порядок.

На вопрос, у кого заболит сердце при виде чёрной витой калитки, которая никогда не закрывается на замок, и покрытого пылью памятника, куда однажды будет добавлено его имя, у Морица ответа нет. И что сказать ему в своё оправдание там, где летают Галкины весёлые ангелы и где врать бессмысленно?

Самолёт резко дёрнулся и остановился.

Из динамиков послышалась знакомая скороговорка пилота:

– Аэрофлот благодарит вас за полёт, спасибо, что вы были с нами!

ГЛАВА 19

Виндзорский узел

У Галки началась горячая пора: поступило сразу два заказа на роспись «царских палат». В последнее время она увлеклась интерьерными проектами, завела серьёзные знакомства и стала сильно воображать. И теперь, выходя с Игорем покурить на крыльцо, каждый раз с понимающим видом трясла своей бестолковой головой и что-то там пыталась ему объяснять. Интересно, о чём можно советоваться с моей сестрой?

На душе у меня было элегически тихо. Я с интересом наблюдала за своим мужем, за тем, как он разыгрывает карту семейного благополучия, и с тревогой прислушивалась к себе в надежде, что бури не будет вовсе или она пройдёт мимо. Бог с ним, что там было у них сто лет назад, для меня те люди действительно почти призраки: живут далеко, и я их никогда больше не увижу.

– Галка, а помнишь американских бабок, как они гоняли в креслах с моторчиком? Теперь я знаю, на чём буду ездить на старости лет. Если доживу.

– А чего тебе не дожить? Всё тихо-спокойно, свежий воздух круглый год, на работу полтора часа в один конец на общественном транспорте мотаться не нужно. Серёжка – взрослый, хороший мой мальчик, люблю его – не могу. Ванька – тоже взрослый, хороший мальчик, люблю его – не могу. Творческая работа, наконец! Да, кстати, ты мне вот что скажи: ты свой «Виндзорский узел» куда-нибудь пристроила? Ты его кому-нибудь впендюрила, ты тугрики за работу получила? Почему ты на заднице сидишь, почему не продаёшь свой интеллектуальный продукт? Я сама тебе отвечу. Потому что ты хорошо живёшь. Вот когда после второго развода мне свои ларцы задвигать нужно было, я знала, что как потопаю, так и полопаю, или к маме опять обедать бежать, повинную голову ей под руку подставлять. В общем, Мака, ты счастливая женщина и, пожалуйста, не говори, что у тебя всё сложно. У тебя сложно не было никогда.

– Ну да, у всех всё сложно, одна я на бархатной подушке сижу, ногти полирую.

– Ты, может, на подушке не сидишь, ты просто проблемы сама себе придумываешь. Всё у тебя хорошо. Твори себе на здоровье, пока муж деньгу куёт, и ходи Ваньку выгуливай.

– А что ты всё время меня убеждаешь, что у меня всё хорошо? Знаешь, «когда женщине говорят, что она умница, это означает, что она круглая дура».

– Это кто сказал? Чехов?

– У тебя если цитата, то Чехов. Это Оленька сказала из «Служебного романа».

– Какая Оленька?

– Галя, я не могу с тобой общаться на равных. Ты половину не знаешь, половину не понимаешь. Фильм такой, любимый мой, между прочим. Поэтому не надо мне рассказывать, что всё у меня хорошо, а то я подумаю, что всё как раз наоборот.

– Мака, а помнишь, как ты однажды рыдала, когда Ахмадуллина читала: «И вот тогда – из слёз, из темноты, из бедного убожества былого друзей моих прекрасные черты появятся и растворятся снова»?

– Чего это ты вдруг вспомнила?

– Сама не знаю. Просто так.

– Тогда не помню.

***

Волна росла и приближалась к береговой линии. На своём пути она проглатывала обломки безвестных кораблей, не брезговала бытовым мусором и губила всё живое. Я всё-таки не выдержала и вежливо сообщила своему мужу, что знаю всё. Самое противное было видеть его удивлённое лицо и слышать его вопрос: «А что – "всё"?»

Через несколько дней я поняла, что без сестры мне не справиться.

– Привет, как твой рабочий процесс?

– Иду с опережением графика.

– Приехать ко мне можешь?

– Так срочно? Поздно уже. Это Ванька там так сопит?

– Это я. И не соплю, а дышу. Просят же тебя, как человека.

– У вас что-то случилось?

– Приезжай.

Уже через час я пожалела, что позвонила.

– Зачем ты это сделала? Тебе хорошая жизнь надоела? Хочешь без мужа остаться?

– Ну, не тебе же одной разводиться, надо и мне попробовать.

– Что у вас произошло? Поругались?

– А, так, ничего особенного. Объяснила Игорю Отто-вичу, что считать Серёжу своим сыном ему совсем необя-зательно.

– Да какой чёрт тебя за язык дёрнул? И потом, чего ты врёшь? И какая, вообще, разница, когда вы сто лет уже вме-сте прожили?

– Хотелось восстановить некое равновесие. А то я всю жизнь делаю вид, что ничего не замечаю. И ты, кстати, в этом мне подыгрываешь: всё видишь и молчишь. Мерзавка.

– Хорошо, могу и сказать. Во-первых, прекрати врать про Серёжу, тебе всё равно никто не поверит. Во-вторых, ну какое, к чертям собачьим, равновесие? Ты ещё только подумала, размечталась, а он уже успел на стороне отме-титься и всё забыть. И вернуться домой с твёрдым наме-рением запорный клапан в семейном толчке поменять или на рынок за квашеной капустой сгонять, почему-то они все её ужасно любят. А попробуешь его к стенке припереть, так он удивится, обидится и уйдёт к той, которую только что променял на толчок. Это всё надо знать, надо понимать мужскую сущность, тогда и проблем в жизни будет намно-го меньше.

– А как же любовь?

– Господи, ну при чём тут любовь? Ну, можешь ты по-нять, что отношения между полами – это не только любовь и не столько любовь, а чаще – вообще не любовь. Послу-шай, ну, был же у тебя тот мужик, журналистик. У тебя там что, была любовь?

– Нет… Но там была страсть…

– Ещё пара вопросов – и ты заговоришь стихами. А да-вай будем называть вещи своими именами. Обещаю тебе обсценную лексику не употреблять. Итак, руки на стол, лампа в лицо, говорить только правду. Правда – это то, что сидит у тебя внутри и не требует предварительных натужных раздумий, до которых ты большой любитель. А вот скажи мне: ты когда того мужика увидела, ты подумала о том, что скоро вы в одной койке окажетесь?

– Да нет, он мне с первого раза вообще не понравился: павлин, фанфарон, рожа наглая.

– А ты понимала, что он бабник?

– Да это у него на лбу латиницей было пропечатано.

– Очень хорошо, молодец. Теперь, когда он тебя склонял к сожительству, ты долго сопротивлялась?

– Он не склонял, он просто о себе рассказывал.

– Фу… Трудно с тобой, дай передохнуть. Как ты что-то писать умудряешься? По учебникам? Значит, так: к тебе на работу посторонний мужик таскается, откровенничает, а тебе невдомёк, что он тебя клеит?

– Ну, сейчас я, конечно, всё понимаю, а тогда я всё удивлялась, чего он ходит, делать ему больше нечего, что ли.

– Беда с этими девственницами! Даже наша мать как-то сказала, что я оказалась к жизни гораздо лучше подготовлена. Тебе, прежде чем замуж выходить, нужно было не пятёрки свои зарабатывать, а постигать разнообразие мужского мира и ума набираться. А главное, опыта. Того самого, между прочим.

– «Разнообразие мужского мира» – это ты так свой промискуитет называешь?

– Про мой «промокустикет» … о чёрт, в общем, обо мне как-нибудь в другой раз. Давай лучше я тебе коротенечко всё объясню. Поздновато, конечно, но это лучше, чем никогда. Смотри: ты не страшная, а местами даже очень привлекательная женщина. Жопа, конечно, тяжеловата, но в целом ты красивая. Подумай, пожалуйста, почему за всю жизнь тебя только один мужик к греху склонил, да и то, как я понимаю, на безрыбье?

— Почему это на безрыбье? Выражения выбирай!

— Не перебивай. Так вот, почему? Ты что, хуже других? Хуже меня? Да ни фига подобного. Я на твоём фоне — «снятое молоко», как говорила баба Груня, которая нам его в детстве приносила. А ты — сливки. Но почему тогда мужики всю жизнь бегают за мной? Независимо от того, в какой я форме. Тем более что форму мою ты хорошо знаешь: зимой — джинсы, свитер, сапоги, летом — шорты, майки, шлёпки. И три пера на голове.

— Потому что они чувствуют твою готовность к соучастию.

— Ещё добавь «в преступлении». Дура ты всё-таки, Мака, старая дура. Хорошо-хорошо, беру свои слова обратно. Ну, пойми ты, в эту игру играют все, и это, может быть, самая лучшая игра на свете…

Она встала, подошла к окну, раздвинула занавески и, судя по торжественной позе, приготовилась что-то поведать urbis et orbi[15]. Жаль, что, кроме меня, Ваньки и умной Жули, косящей под дурочку, рядом никого не было.

— Слушай же, дитя моё: «Нам всем нужны мужские взгляды, мужское восхищение. Это наше эмоциональное поле, и оно должно быть под высоким напряжением: разные заряды, разные полюса. Притяжение и отталкивание, мимолётное обаяние мимолётных историй, которым суждено растаять в воздухе, ещё не родившись. Самая загадочная и пленительная составляющая человеческой жизни, устоять

---

[15] Urbis et orbi (лат.) — городу и миру.

перед которой не могут ни мужчины, ни женщины»… Я, во всяком случае, не могу. И не хочу. И не буду.

– Галя, по-моему, стихами заговорила ты.

– Это не я, так в одной книжке написано. Твой Мориц на этом поле – игрок, но для тебя это – «соучастие в преступлении». А я считаю, что это жизнь, которая проходит очень быстро, и ничего лучше она предложить нам не может. Нам, женщинам, она может предложить их: женатых, вдовых, свободных и просто бесконечно одиноких. В общем-то, чаще всего они как большие дети. Да их можно голыми руками брать, если умеючи… Ой, я исключительно в переносном смысле! А ты до сих пор даже этому не научилась. В отличие от меня… Конечно, если бы у меня была своя детка, всё было бы по-другому… Но я не жалуюсь, у нас есть Серёженька, один на всех, и мои иждивенцы, которых я люблю больше всех мужиков. Мака, дорогой мой, не верь мне, я всё тебе наврала. Твой Оттыч лучше многих, честно тебе говорю: серьёзный, совестливый мужик. Ну кто виноват, что его бабы любят? Помни, он, как наш отец, – на другой планете, у них там всё по-другому. Зато на твоей планете есть я.

Галка по привычке шмыгнула носом и отвернулась от меня. Как хорошо, что наша мать когда-то недооценила возможности своей репродуктивной системы.

– Зачем же ты мне всё это наговорила? Мерзавка.

– Хотела тебя взбодрить.

– Считай, что у тебя это получилось. Галя, я хочу уйти… (Ну вот, началось. Сейчас, кажется, польются слёзы.)

– Опять за своё! Что ты дурака валяешь? Сиди тихо, держись за мужа обеими руками. У тебя на горизонте, между прочим, знаешь что? Пенсия маячит – как у той Оленьки. Не думай, я не только Чехова могу цитировать, но и твой «Служебный роман».

– Ты даже не представляешь, в каком я ужасном положении. Ну, почему так, почему всё говно плывёт ко мне?

– Да ты понятия не имеешь, что такое говно. У меня из пятерых по-настоящему хорошим был Алик, самый первый. И то, когда я нашу лампу грохнула, помнишь, пузатая такая, на столике стояла, царствие ей небесное, так он начал орать, что у меня руки из жопы растут.

– Ну и что тут такого? Они у тебя действительно растут именно оттуда.

– Мне даже страшно подумать, откуда они растут у тебя. А вот когда, между прочим, жена моего соседа сервиз одним махом грохнула, он ей сказал: «Котик, ты только не переживай!» А у меня – «руки из жопы». Ну, разбитую лампу не склеишь, и отправила я его вскоре после этого к маме. К его маме. Но дальше было только хуже! Эх, не надо было мне с ним разводиться. Так что Мориц – нормальный мужик, не кати на него бочку.

– Ну, откуда ты знаешь? Вы с ним на пять минут на перекур вышли, потрепались и разбежались.

– Мужики в смысле леваков все примерно одинаковы. И я даже не буду вникать в ваши подробности. Подумаешь тоже, «бином Ньютона», как говорил Лев Толстой.

– Галя! Ну почему ты такая серая? Ну как это может быть Толстой, тем более Лев? Это же Коровьев в «Мастере и Маргарите» говорит. Ты хоть помнишь, кто вообще эту вещь написал?

– Это я нарочно, чтобы тебя позлить, сказала.

– «Нарочно»… Я тебе не верю!

– Ну и не верь. Так о чём это мы говорили? Про мужские леваки. Эх, Мака, это такая тонкая материя, вот где настоящее творчество, это тебе не рассказики пописывать.

– Интересно, пять минут назад ты сказала, что они все примерно одинаковы.

– Так это мужики одинаковы, а их леваки – это стоящее особняком большое искусство.

– Понятно. Галя, я хочу развестись. Я никогда его не любила. Вернее, любила, но давно. Ну, в общем, я этого гада и сейчас люблю. Ты даже не представляешь, что это за тип.

– А что ты с Ванькой собираешься делать?

Я не была готова к этому вопросу. Отнять его у Игоря – невозможно, мне без него тоже никак. Но даже мысль о собаке уже не могла остановить ту волну, которая, разгоняясь, готовилась разнести в щепки мою жизнь: ребёнок на стороне, разводиться боялся, жил со мной, а думал о той. И вот когда мне показалось, что всё у нас как-то утряслось – столько лет вместе, сына вырастили, построили дом и даже деревьев насажали немерено, когда в кои-то веки меня заметили и стали хвалить, – появляется эта Восьмая Марта и рассказывает мне о том, как моему мужу не повезло с женой. А я молча её слушаю.

Галка испуганно смотрела на меня. Роль миротворца у неё не получалась, я уже с силой швыряла свои вещи из шкафа на кровать.

– Я у тебя поживу, можно?

– Да постой ты, глупости не делай! Я всё знаю!

– Откуда?

– Хендехох твой раскололся.

– Та-а-к, это уже меняет дело. И что же ты знаешь?

— Думаю, что достаточно. Знаю, что никакая она не Марта, а Олька, и что это ещё до тебя началось.

— А потом продолжилось.

— Знаю, что, когда Агатка родилась, он им деньги высылал, поддерживал, что потом Фима на ней женился.

— Ну вот и замечательно, хотя бы здесь Игорь Оттович не наврал. Мы встречались с ней в Нью-Йорке в тот день, когда вы в музей ходили. И она мне тогда очень доходчиво всё объяснила. А знаешь, почему она Марта? Потому что её Ирка Королева так назвала.

— Кто? Кто? Мака, ты что, назюзюкалась?

— Ещё нет. Кстати, давай выпьем.

Закуску мы резали крупно, по-мужски. Галка, не спрашивая меня, положила в морозилку водку. Через пятнадцать минут она подстынет, мы поставим на стол две стопки и сядем друг против друга по разные стороны стола.

— Я сама не понимаю, как всё это могло произойти. Помнишь, я тебе рассказывала, что, когда мы были в зимнем лагере, Ирку увезли в больницу. И вот в Нью-Йорке эта Марта доходчиво мне объясняет, что в те дни она оказалась в той же богадельне и что это Королева заставила её тогда сохранить беременность. Про то, как Игорь Оттович её деньгами снабжал, она умолчала, а вот о том, что Ирка у них регулярно гостит, с удовольствием мне доложила: в их доме живёт, на том самом диване, где я в тот вечер сидела, валяется. Ну, скажи мне, так бывает? Но и это ещё не всё, она туда сына учиться отправила.

— Мама дорогая, а откуда у неё сын?

— Примерно оттуда же, откуда берутся и другие дети.

— А ты? Где всё это время была ты?

– А я была совсем в другой жизни. И слава богу.

– А чего ты тогда ревёшь?

– По совокупности причин.

– Мака, а ты ещё не понимаешь, что это твоя карма тебе сейчас всё возвращает? Ты же ничего не слышишь, а Вселенная тебе всю жизнь свои сигналы посылает. Ну вот, скажи мне, к примеру, ты куда со своим Морицем в командировку ездила?

– Ты что, не помнишь, что ли? В Стокгольм.

– Да нет, дорогуша, ты ездила в Королевство Швеция. Твоя подруга Королева, ваш любимый вожатый Шведов – вот тебе и привет от Вселенной. Напоминание, тихая подсказка. Но до тебя хрен достучишься. А помнишь, как вы с Иркой ночью к нам на дачу приехали? А мокрые босоножки? Ну же?

От возбуждения Галка, как стреноженный жеребёнок, засучила ногами и приложила ладони к горящим щекам:

– Тогда ещё у нашего крыльца жасмин зацвёл... А помнишь, как наша мать в ночной рубашке побежала вам клубнику собирать? А халат надеть забыла...

– Нас отпустили до утра, и мы везде опоздали. А босоножки у нас от росы промокли... Мы тогда такие счастливые были... Ты ещё долго будешь меня терзать?

– Скажи мне честно: ну почему ты её тогда схарчила? Эх, если бы у меня была такая подруга...

– Опять этот эзотерический бред! Да она же сумасшедшая, у неё все чувства сверх всякой меры, и даже дружит она...

– «...на разрыв аорты»? Я помню, помню её словечки!

– Да, на разрыв. И со мной «на разрыв», и Шуру своего любила тоже «на разрыв». Говорю же, дура. Но после неё дружить с кем-то другим уже невозможно. А с ней остаться у меня тогда gats не хватило.

— А это что?

— А это, Галочка, в переводе с английского означает, что кишка у меня была тонка. Потому что она требует такого накала всех чувств, что долго оставаться рядом нельзя — сгоришь. Или будешь следом на безопасном расстоянии плестись, а это было точно не для меня.

— И больше вы не виделись?

— Виделись, десять лет назад. Мы с ней на Маяковке столкнулись. Она с каким-то мужиком шла, такая шикарная... На неё прохожие оборачивались. Я хотела её не заметить, а она уже повисла у меня на шее и шепчет: «Муся, мы с тобой неразлучимы...»

— Ну а ты, ты что?

— А я сказала, что в театр опаздываю. И теперь твоя долбаная карма мне всё возвращает: теперь всё сошлось во времени и пространстве. Такой вот, понимаешь, сигнал от Вселенной, такой, понимаешь, «виндзорский узел»...

— Мака, значит, так, поступил ещё один сигнал от Вселенной: мы с тобой встаём и потихоньку продвигаемся в сторону спальни. Вот теперь ты действительно назюзюкалась.

* * *

— Мориц, слухай сюда: она же ничего не поняла, вчера сказала, что ты от неё ушёл. И тоже стала собираться ко мне. Это у вас что, семейное? Нет, ну ты прикинь: приезжает она ночью, а там ты в трусах на кухне сидишь. Как мой Окташа? Когда я уезжаю, он начинает дико нервничать и остальную мелюзгу заводить. Бедная собачка.

— Прекрасно твоя собачка себя чувствует. Замучился я с ними: то погулять, то покормить, то поиграть. Вечером

Серёжка приехал, удивился, что я у тебя, но спрашивать ничего не стал. Галя, я тебя прошу, ты понимаешь, ему всё это знать совершенно не нужно.

– Жаль.

– Хватит ёрничать. Тебя ждут два здоровых голодных мужика. Так что одна нога ещё там, другая уже дома.

– В холодильнике яйки, млеко. Ты что, омлет ребёнку сделать не можешь?

– Омлет мы уже съели. Хочется чего-нибудь из женских ручек.

– Всё-таки ты неисправимый бабник. Дай Бог, чтобы Серёжа пошёл в меня.

– Послушай, у тебя совесть есть? У тебя сколько было мужей? А у меня одна жена на всю жизнь.

– Зато я умею любить, как никто другой. Всё, хватит болтать! Меня сейчас менты схватят и в обезьянник уволокут: я же за рулём. А жена твоя, между прочим, ещё дрыхнет в вашей опочивальне в состоянии сильного алкогольного опьянения. А всё из-за тебя. Ладно, ждите, скоро приеду.

Ждать действительно пришлось недолго.

– Как тебе удаётся через пробки так гнать?

– Мне дорожный барабашка помогает.

Мориц, лёжа на диване, наблюдал за своей свояченицей. Вот она выпрыгнула из своих высоченных сапог и побежала целоваться со своими животинами, вот нацепила игрушечный фартучек и, что-то бормоча под нос и довольно хмыкая, солдатиком встала у плиты. Было понятно, почему она пятерых довела до загса. Непонятно было, почему все пятеро теперь с ней просто дружат. Или она с ними?

— Галка, а ты, часом, замуж не собираешься?

— В шестой раз? Только если встречу такого, как ты. С красивой немецкой фамилией и большой зарплатой.

— Вот сейчас твоя сестра тебе бы наподдала. И правильно бы сделала.

Галка обернулась к нему, она уже не улыбалась.

— А почему ты ничего не спрашиваешь про неё? Почему ты всё время отшучиваешься? Я вообще не понимаю, что теперь делать. И как тебе удалось так основательно засрать собственную карму? Вроде был такой правильный мальчик, отличник, общественник, мама такая утончённая женщина. Я поначалу, когда ты мне признательные показания давал, не поверила. Ваши мужские игры — да ради бога, лично я к этому философски отношусь. Но сделать девчонке ребёнка, а потом откупаться деньгами — это выше моего понимания. Знаешь, я очень рада, что мы там с твоей Олькой встретились. Хорошо она тебе врезала по самым чувствительным местам. Вот теперь знай, что где-то выросла без тебя твоя дочка и что её мамаша замечательным образом справилась тоже без тебя. Она — американская гражданка, замужем, работу прекрасную имеет, и зовут её Марта, а ты — совок, и диплом у тебя совковый, в Америке его вообще не признаю́т. Вот так-то, «дарагой ИгарьОттыч».

— Да, это было красиво, и мне теперь с этим жить до конца дней, но зато я увидел Агату. Шею её заметила?

— Как у Терезы, и плечи похожи — тоже узенькие. Да что говорить, хорошая девочка получилась. Неужели не жалко, что она другого мужика папой зовёт?

– Душу мне рвать не нужно, ладно? Знаешь, у меня отец по молодости согрешил, так у него от той тётки, Серафимы, чудовище родилось.

– Это Генка ваша, что ли?

– Ну да. А у меня такая замечательная дочка получилась! Пусть она не подозревает, что я её отец, пусть этого сукиного кота Фимку папой зовёт, но я-то правду знаю. Я, может, ещё покаюсь… Всё ей расскажу.

– Да кто тебе позволит? И что ты Фиму валяешь, какое ты имеешь право? Сиди себе тихо, фотографию вашу общую рассматривай и говори мне спасибо, что я тогда её сделала. А что теперь с Олькой твоей будет? Я тогда ещё удивлялась, чего это она с тебя глаз не сводит.

– Галя, как мужчина мужчине: никому не рассказывал, а тебе скажу. Она мне снится иногда, снится, как мы когда-то прощались. Думали, что на всю жизнь. Собственно, так и получилось. С Агатой проститься она тогда не разрешила, с ней Фима дома сидел, она ему наврала, что в поликлинику идёт. Мы в каком-то подъезде спрятались, я ей руки грел, и у меня сердце кровью обливалось от жалости, но я знал, что изменить ничего не могу, потому что уже появилась Марина. Ты меня всегда подозревала в том, что я через жену за Москву уцепился, но поверь, возможность остаться я бы по-любому нашёл, ты же меня знаешь. И если за все эти годы мы с твоей сестрой не разбежались, наверное, нам было не так уж плохо?

– Тогда это что, любовь?

– Ради бога, давай не будем, я до сих пор не понимаю, что это такое. Вот Оля – любовь это была или нет? Когда мы были вместе, казалось, что да, но без неё я жил совершенно спокойно. А с твоей сестрой по-другому. Много у меня было всякого, ты старый солдат, сама всё понимаешь, но я всегда знал, что никуда от неё не денусь. Мне, если честно, не так хорошо с ней – мне с ней обычно, потому что это и есть моя жизнь, мне без неё плохо. Галь, поможешь мне, ладно? Мне действительно плохо. Я пока у тебя поживу, буду по утрам твоих кабысдохов выгуливать, омлет на завтрак обещаю делать. И вообще, нам с Серёжкой у тебя нравится.

– Конечно, поживи. И Серёжка пусть поживёт. И жена твоя тоже собирается ко мне переехать. Вот все вместе у меня и поживите.

– Бесчувственная тварь.

ГЛАВА 20

Промежуточный юбилей

С он был в руку. Горящие красным маленькие табло окружали меня ночью и подмигивали мне из тёмных углов днём: «Выхода нет» … «Выхода нет» …

Если бы не было той песни с её словами «Зачем мне, скажи на милость, знать запах её волос?», если бы не было того раскидистого куста акации, за которым пряталась наша мать вместе со мной и коляской, в которой лежала маленькая Галька, если бы не было дивана, на котором часто приходилось спать нашему отцу, – возможно, с Игорем я вела бы себя совсем по-другому.

Выслеживать мужа, а потом, закрывшись в спальне, слушать в который раз заезженную пластинку… И эта тяжёлая тишина, и осторожные шаги отца, когда он виновато протискивался на кухню, после того как мы с сестрой уже поужинали… Через всё это я прошла вместе с родителями. Галка в те поры была ещё маленькая, но и она запомнила, как плохо бывало в нашем доме.

«Дорогой, мой дорогой!» – кричала мать страшным голосом, когда ничего уже вернуть было нельзя. Повторить всё это в своей собственной жизни я не была готова.

Галка утверждает, что мужчина неспособен жить с женщиной, которая ему неприятна, это женщины могут уговаривать себя и терпеть. Игорь терзал меня и никуда не уходил. А я давно научилась ничего не замечать, прятать голову в песок, носить, не снимая, розовые очки, быть слепоглухонемой и, по обстоятельствам, слабоумной. Если что, обращайтесь, я расскажу, как это бывает: может, и вам пригодится. Раз я ничего не знаю, значит, этого нет. Вовсе. И только однажды я сорвалась, на том банкете... Вот сейчас достану свою полезную для глаз зелёную свечу и всё ей расскажу. И мне обязательно станет легче.

***

Приближался день рождения моего мужа, но Игорь дал мне понять, что это всего лишь промежуточный юбилей и отмечать его он не собирается.

Это было тяжёлое время в наших отношениях, хотя когда оно было лёгким? Свой «кризис среднего возраста» мой муж переживал так, чтобы мало не показалось никому. В том, что его жизнь оказалась загублена, таланты неоценёнными, а он сам – недолюбленным и бесконечно одиноким, виновата была, конечно же, его жена.

Любые попытки объясниться кончались скандалом. На полу рядом с диваном, где он спал в то время, аккуратной – как и всё у него – стопкой лежали книги по кризисной психологии, личностному развитию и эзотерике. Я догадывалась, откуда эти книги появились в нашем доме. Хотя Галка стояла насмерть и клялась, что она тут ни при чём.

Дома мы в основном молчали, обращаясь друг к другу лишь по делу. Напряжение достигало такого уровня, что, казалось, вот-вот заискрит проводка. Всё могло закончиться в любой момент.

Однажды вечером он противным металлическим голосом и с посторонней вежливой интонацией попросил меня уделить ему несколько минут. Встретились на нейтральной территории – на кухне. Видно, что-то у него в «личностном развитии» резко переклинило: решение об организации банкета он принял, когда до красной даты оставалась неделя, о чём он в официальной форме и сообщил мне. Мне предписывалось, во-первых, там быть, во-вторых, хорошо выглядеть. Я не возражала, желание мужа для меня закон, правда, соблюдаю я его не всегда.

Отмечать он решил по-старосоветски, в «Сакуре», в Центре международной торговли. Пригласил руководство банка и прочих нужных людей, которые почему-то предпочитают приходить на такие мероприятия без жён, а также своих сотрудниц старшего и среднего звена – для баланса.

Я знала, что делаю, когда со своего почётного места по правую руку от «промежуточного юбиляра» стала внимательно наблюдать за приглашёнными. Нет-нет, всё не то, этим счёт идёт на пучки – я быстро потеряла интерес к дамам и занялась другими гостями.

Смешные, неказистые люди. На каждом втором угадываются не так давно снятые погоны. Зачем в бизнес так охотно берут всех этих отставных полканов и генералов?

Из «красавчиков» был, пожалуй, только один – из Российско-Британской торговой палаты, похожий на мужика с пачки «Мальборо», правда, уже подношенного: сильная проседь, загорелое лицо, пристальный взгляд из-под низких бровей. Под таким взглядом сразу же начинаешь вспоминать, в порядке ли у тебя голова (я имею в виду форму, а не содержание), и прятать старый маникюр.

Но мне беспокоиться в тот вечер было не о чем. «Люблю лимонное с лиловым…» – по-моему, это строчка из Северянина. Я тоже люблю это сочетание, в частности, за то, что его очень редко можно встретить на людях. Ещё реже можно встретить с лиловым зелёный цвет. Вот эту гамму я и выбрала, плюс маленькое жёлтое колье как завершающий штрих. Я напоминала себе полураспустившийся ирис из шёлка, и мне это очень нравилось. Костюм был узкий и длинный, замшевые нежно-сиреневые шпильки – высокие, причёска – свежевыстриженное каре.

Я ждала, когда этот ковбой в отставке подсядет к нам, с тем чтобы в подходящий момент пригласить меня на танец. Хотелось, знаете ли, показать трудовому коллективу, обладателем какого сокровища является их ИгорьОттыч.

Отнудели первые здравицы и тосты. Народ приступил к непосредственному исполнению возложенной на них задачи – схомячить всё, что было выставлено на длинном столе сложной п-образной формы. Ну а потом всё получилось так, как я и предвидела…

Граждане, не подумайте чего плохого. Просто я устала, и душа моя просит праздника, а у моего мужа кризис среднего возраста. Но об этом я никому рассказывать не стану и сегодня буду танцевать просто потому, что чувствую себя молодой и красивой. Ох, не надо мне больше пить или же тогда надо есть. Но выпить хочется, а по вечерам я давно уже не ем… Да-да, ещё скотч, пожалуйста. И скажите, чтобы не затягивали с горячим.

Напрасно мой муж оплакивал свою незадавшуюся жизнь, у него как раз всё было здорово. Мало того, что он умный и ответственный, он ещё упрямый, как мул, и обычно у него всё получается. И мне за ним не угнаться. Господи, наверное, я всё это время неправильно жила. Победы должны быть у каждого собственные, а я всё считаю чужие. Своего журавля в небе я так и не догнала, он улетел без меня. А синица мне неинтересна. Поэтому я давно уже просто жена успешного мужа. Галка, не делай ты такие страшные глаза, я сама разберусь, пить или не пить:

— Ещё скотч, пожалуйста.

— «Scotch on the Rocks»[16]? Так пил Джеймс Бонд, а он в этих делах знал толк. Правда, я тоже в этом разбираюсь неплохо, ваш супруг может подтвердить. Кстати, Игорёк, ты позволишь пригласить твою жену?

Зазвучала музыка, что-то до смешного ностальгическое: по-моему, «Сувенир» Демиса Руссоса. Меня взяли под локоть, помогли подняться и вывели на середину зала. «Игорёк» не возражал.

Каблуки были слишком высокими, юбка оказалась слишком узкой. Проклятие! Но никто не должен был об этом догадываться. Пожилой ковбой «Мальборо» был немногословен, но обладал чувством такта и не только музыкального. Он всё понял и старался научить меня тому, что мне не было дано от природы. И у меня почти что получалось! Господи, ты видишь: я — находка для мужчины, мне просто нужно попасть в правильные руки. Но у Игоря карьера, бабы и «кризис среднего возраста».

---

[16] «Scotch on the Rocks» (англ.) – виски со льдом.

А у меня в душе давно уже всё какого-то фиолетового цвета, как мой шёлковый костюм от «Дольче и Габбана».

   – Мужика тебе надо, – как-то сказала мне моя мама.

   – Так у меня есть, – с удивлением ответила я. Потом не удержалась и прибавила: – Даже не один… Шучу, мама, шучу.

   – Мужика, говорю, тебе надо, мужа. Так, чтобы с ума сходить, ревновать, как когда-то я твоего отца. Хотя что теперь говорить. Игорь – прекрасный отец и обеспечивает семью…

Бедная мама, теперь ей казалось, что жизнь её вполне удалась. И, в общем, по-своему она была права.

…«Мальборо» был хорош. Его щека почти касалась моей, я вдыхала волнующий запах постороннего мужчины, пропуская через себя вибрации волшебного голоса толстого грека. Наступила тишина, мне не хотелось идти за стол, я ждала, что мы продолжим. А потом незаметно выйдем из зала. Ну, можем мы, например, пойти перекурить? И где-нибудь у заваленного картонными ящиками аварийного выхода (они же всегда бывают чем-нибудь завалены) в темноте мы будем целоваться. Больше мне ничего и не надо было. Хотелось вспомнить это ощущение, когда поцелуй отзывается слабостью в ногах.

Но почему сейчас, когда в центре зала я стою с незнакомым мужчиной, вдруг всплыла в памяти картинка того лета? «One Man Show» – реликтовый мужской аромат, который сейчас уже никто, как говорят англичане, «не носит»… Спасибо тебе, старый ковбой…

В день рождения Шведова мы должны были стать первыми – так решила Ирка. Рано утром, пока я добросовестно крутила головой, высматривая прохожих, она среза́ла ветки цветущего жасмина в чужом саду, и через полчаса мокрый душистый букет лежал на подоконнике открытого окна его комнаты. Нам ничего не нужно было ему объяснять, он и так всё понимал.

Я плотнее прижалась к жёсткой груди «Мальборо». Интересно, у него под рубашкой бронежилет, что ли? Но как стучит его сердце, всё равно слышно. Да, я точно пойду с ним к аварийному выходу.

Ах, какая я умница! И красавица… Гордясь собой, я посмотрела из-за плеча «Мальборо» на Игоря. И попробовала проследить, куда был направлен его взгляд. Это оказалось несложно.

Она стояла среди молодой поросли и что-то рассказывала. Белая рубаха, чёрные узкие брючки. Так ходят у них в офисе. Видно, даже переодеться не успела. А вот за яркий розово-салатовый платок и чёрные шпильки девушке пятёрка. Как немного нужно, чтобы достойно выглядеть на вечернем мероприятии! Правда, в том случае, когда в комплекте имеются длинные ноги, густой тёмный хвост и тонкое лицо с правильным, немного хищно очерченным профилем.

Ну, я же говорила, цены мне нет. Вот на другом конце зала стоит девица, на которую, не отрываясь, смотрит мой муж. Я не знаю, сколько времени ему потребовалось, чтобы разглядеть её среди других, мне для этого хватило полминуты. Он смотрит, но совсем не на то, как хорошо я танцую с красивым и сильным мужиком…

Не дождавшись паузы, я сбросила с себя руку «ковбоя» и пошла на место.

Ой! Каблук вроде уцелел, но щиколотка болит ужасно.

Чтобы восстановить душевное и физическое равновесие, мне потребовалось ещё немного скотча.

Дьявол, какие же высокие каблуки, кто их вообще выдумал? В мои годы надо ходить в парусиновых тапочках, как это делала моя бабушка. И носить удобные вязаные кофты, а не лиловые костюмы.

Сейчас подойду к той, с платком, и предложу выпить. Можно даже на брудершафт. Пусть она станет нашим другом дома, пусть она станет моей лучшей подругой... В конце концов, у моего мужа неплохой вкус, ведь заметил же он когда-то меня?

– Девушка, девушка, разрешите с вами познакомиться? Меня зовут «жена ИгорьОттыча». А давай с тобой дружить? Ты голову чем моешь? Кипячёной или сырой? Дай за хвостик дёрну, а то вдруг не твой, вдруг прямщас отвалится? Галка, да не хватай ты меня, я уже весь свой «Scotch on the Roks» на костюм вылила. Смотри, сколько их тут, и все такие мерзавки! Ну ты, урод, руки убери! ИгорьОттыч, надо мной глумятся и унижают моё достоинство! Игорь! Ну, скажи им!

На следующее утро меня ждало гробовое молчание. Прошедший вечер выплывал, как корабль-призрак, из тумана моей враз ослабевшей памяти. Игорь, хлопнув дверью, ушёл на работу. Серёжа, как обычно, остался ночевать у Галки.

Лиловый костюм с тех пор я больше никогда не надевала. Музыка Демиса Руссоса, любимый аромат Шведова

«One Man Show» – это было так хорошо… О плохом я постаралась забыть.

Мой муж тогда, вероятно, всё же проделал работу над ошибками. Его «кризис среднего возраста» как-то незаметно сошёл на нет, и вскоре он опять переехал в нашу спальню. Тогда я подумала, что, как говорил один наш знакомый, «все развилки уже пройдены». Как же я ошибалась! И вот опять всё пошло вразнос, но такого в моей жизни ещё не было. Навсегда ушла наша мать, у Серёжи своя жизнь, а у Игоря нашлась взрослая дочь. Я её видела и понимаю, что она действительно его дочь, и шея у неё как у Терезы. Я даже познакомилась с любовницей моего мужа, которая рассказала мне, что у меня дома цветы сохнут. А у меня цветы растут в саду, и каждое лето цветёт жасмин…

Мама, родная моя, что бы ты сделала на моём месте? Опять закрылась бы в спальне и слушала свою любимую песню? Только старая пластинка да я помнят твои слёзы. Они ничего не изменили, и счастье лишь изредка согревало твой дом. Я не хочу больше плакать и жаловаться своей свече. Я хочу уйти.

ГЛАВА 21

Нечаянная радость

Я требую слова. Потому что никто, кроме меня, не сможет толком рассказать, что же на самом деле произошло.

В тот вечер я ездила с Окташей на курс социализации, всё-таки у него очень ранимая психика. Наш герой-любовник, подозреваемый моей сестрой в брачных аферах, вызвался после работы приготовить ужин на три человечьи персоны, три собачьи и одну кошачью.

Когда мы вернулись, весь «контингент» был на кухне. Мои иждивенцы крутили носами и хвостами, принюхиваясь к запахам, идущим от плиты, Серёжа расставлял тарелки, а ИгорьОттыч в моём розовом фартуке в форме сердечка торжественно объявил, что сегодня мы будем есть пасту. Мориц-младший, стараясь снизить градус его кулинарного пафоса, вскользь что-то пробормотал о спагетти.

В общем, на ужин мы ели макароны, заправляя их каждый по своему вкусу. Мориц немного помялся и, застеснявшись, спросил меня, ничего, если он, в нарушение всех правил, будет есть свою «пасту», как в детстве. Если кто помнит, а помнят все, в детстве мы любили макароны с маслом и сахаром. Я была совсем не против, а даже за. Не люблю, когда притворяются. И если ты привык жарить на завтрак яичницу с сосисками, не нужно делать вид, что предпочитаешь сыр «Бри» с черничным джемом.

Мы ели макароны, собаки лопали свою «сушку» и то, что потихоньку подсовывал им Серёжа. Кот, презирая их неразборчивость, осторожно подбирал со своей мисочки куриный паштет.

Жуля первая встрепенулась и бросилась к двери, бешено крутя хвостом, а с лестничной площадки послышался радостный лай Ваньки. Раздался звонок.

Я, перед тем как подняться из-за стола, успела мысленно закинуть Господу Богу записочку о нашем здравии и сформировать последующее событие как нечаянную радость.

На пороге стояла Мака – естественно, с большой дорожной сумкой на колёсиках. Ванька рванул на кухню, а у моей сестры оставалось ещё полминуты для того, чтобы понять, что же, собственно, здесь происходит.

Именно так она и спросила: «А что, собственно, здесь происходит?» И, отодвинув меня в сторону, пошла навстречу своим неприятностям.

Потом были слёзы, крики и разбитый керамический кувшин. Мака грохнула его об пол, не подумав о том, что он был полон воды. Последствия наводнения мы ликвидировали в восемь рук. Собаки в восторге носились по комнатам, кот забрался на своё «дерево» и шипел на всех, а попугай Кеша в своей клетке притворился мёртвым. На всякий случай.

В общем, спустя полчаса – для того, чтобы семейная жизнь моей сестры наладилась, – я по-прежнему готова была сделать всё, но в ускоренном темпе. Прочувствованные многочасовые беседы за круглым столом исключались. Мне хотелось, чтобы эти двое немедленно отвалили. Лучше я к ним буду ездить в гости.

– Ты, Галя, предатель. На этом наши с тобой отношения заканчиваются, – официально заявила мне Марина Павловна.

– Ну и дуя. Я тут за тебя бьюсь, а ты смеешь подозревать меня в предательстве. Лучше садись за стол, будем говорить. Все вместе и по правде. Уж если твои мужики у меня дома оказались, значит, я тоже имею право голоса.

Но «все вместе» у нас не получилось. Серёжа, с озабоченным видом посмотрев на часы, поцеловал родителей, прошептал мне на ухо: «Девушка, уймите нашу мать!» и «пошёл в библиотеку». Его папаша облегчённо вздохнул.

Моя сестра обожает всё усложнять. Чтобы говорить с ней, нужно быть готовым каждые пять минут слушать цитаты из классиков и пространные экскурсы в дебри психологии. Не люблю. И не потому, что классиков не знаю, хотя и это тоже. Я люблю простоту. То, что можно объяснить просто, как правило, правдиво. И если бы не я, они бы ещё долго выясняли, кто там больше виноват и кто первый начал. А суть в том, что Мориц – человек дела, а Мака – человек слова. Я же – человек чувства. И понимаю в этом побольше, чем они оба.

Начало их романа мне известно. Они встречались три раза в неделю по утрам на компьютерных курсах. В тесной комнате за длинным столом Мориц обычно садился напротив неё. Стоило Маке поднять глаза, она видела перед собой высокую переносицу, густые брови и его пристальный взгляд.

Скоро мать стала шептаться по телефону с подругами о том, что «Манечка, кажется, влюбилась» и что «мальчик очень хороший, правда, из Калининграда. Зато настоящий немец».

Наш московский снобизм мне всегда был смешон, особенно в сочетании с пиететом, с которым поколение моих родителей относилось к иностранцам.

Лично я с самого начала поставила всё на свои места. Сначала он у меня был Херр Игорь, потом я придумала кое-что похлеще, но Мака нажаловалась родителям, которые вырвали из меня обещание прекратить этот, как выразился папа, геноцид.

Мориц уже тогда был взрослее и умнее моей сестры, это понимала даже я, и в нём ощущалась какая-то недосказанность, как будто ему было что скрывать. Прошли годы, как пишут в плохих романах, прежде чем мы узнали, что же именно.

Теперь понятно, кому он все эти годы переводил деньги. Я помню, как однажды Мака обнаружила какой-то след, тогда её мужу удалось выкрутиться, чуть не про обязательные отчисления в Фонд защиты дикой природы наврать.

Маке тоже есть что скрывать, и не приведи Господь, если об этом Дворецком что-то знает её законный. Хотя там делов-то: для молодой женщины это даже полезно, честное слово. Но для мужчин это очень большая травма, я по себе знаю, вернее, по моим мужчинам.

В общем, они оба наломали дров, и это плохо. Но они хотят быть вместе, и это хорошо. А про любовь мне Супостат говорить запретил.

Ну вот, я же предупреждала, что всё сложное можно объяснить просто, и не нужно трое суток выяснять отношения. Я представляю: она бы рыдала, замогильным голосом декламировала бы ахматовское «Я научилась просто, мудро жить…» и бегала бы сморкаться в ванную. Он бы хватался за голову и проклинал тот день и час…. ну и так далее. А так я всё коротенечко объяснила и всё расставила по местам. Здорово, правда?

ГЛАВА 22

Мой нежный друг

Наконец-то я осталась наедине со своими спиногрызами. На посещение нашего дома Морицами, за исключением Серёжи, моим царским указом был введён мораторий. Хватит мне одного разбитого кувшина и загубленного вечера. Больше всего ненавижу выяснять отношения, все мои бывшие любят меня в том числе и за это.

Теперь мои родственники изводят меня телефонными разговорами – по секрету друг от друга. Мака хочет разыскать свою Королеву и написать Марте, и Мориц хочет разыскать Королеву и написать своей Марте.

Мне жалко и ту, и другую: слушать оправдания тех, кто от тебя когда-то отказался, тяжело.

Почему-то люди думают, что главное – это объяснить, почему они совершили подлость, и после этого тебя сразу простят, поймут и полюбят пуще прежнего. Но «главное» живёт не там, где можно всё объяснить, а там, где объяснить ничего нельзя. И, может быть, именно по этой причине оно и есть для нас самое главное.

Но об этом я ни сестре, ни её мужу не скажу. Зачем? Они в любом случае не догонят время, которое ушло, их оправдания сейчас ничего не стоят.

И они ещё не знают, какую бомбу я им приготовила: пока они только собираются, я уже всё сделала: и Марте здоровенное письмо накатала, и к Королёвой съездила.

***

Она сразу всё вспомнила, обняла меня и почему-то заплакала. И я тоже разревелась, как будто это я после долгой разлуки встретила свою самую близкую подругу, какая бывает только раз в жизни – и то, если сильно повезёт.

Но обнимались мы недолго: что-то зашевелилось и жалобно запищало между нами. Котёнок был крошечный, очень тощий и ушастый.

– Вот, опять троих подкинули. Вчера суп ели, так чуть не лопнули. А эта мадам недавно обкакалась, пришлось её вымыть и под свитер засунуть, чтоб не замёрзла. Что я буду с ними делать, не знаю, у меня уже кот и четыре собаки, а теперь эти трое.

– Ой! Ой… Как я вас понимаю! И у меня тоже… И Окташа, любимая собачка, его бросили, он у меня живёт. Ой, как всё здорово! А можно я её поцелую? Я могу взять кого-то, если разрешите! У меня котик тоже есть, он с Кешей дружит. Ой…

Весь вечер мы вспоминали то, чего я не могла помнить, смотрели фотографии людей, которых я никогда не встречала, и слушали музыку, которая в моей жизни не значила ничего.

Вот среди поздравительных открыток, детских писем и рисунков – большой карандашный портрет в профиль, не очень похоже, но сразу понятно: рыжая грива, худые острые плечи, откинутая голова – не перепутать. А под ним – крупным почерком Маки: «Когда я думаю о вас, мой нежный друг, кокетства ас, то чувствую, я вас люблю, вы – словно парус кораблю…»

– Это ваша сестра мне на день рождения подарила.

– Ну почему вы опять плачете?

– Не знаю… Мне недавно один человек сказал: «Знаешь, всё самое лучшее у нас было в лагере».

– Его что, так жизнь обделила?

– У него есть всё. В том числе и для счастья.

– «Иметь всё для счастья и быть счастливым – не одно и то же». Мака так любит говорить.

– Наверное. У вас очень умная сестра… Ну, ладно, не будем об этом. В общем, тогда мы редко задумывались о счастье, мы просто были счастливы каждый день. И тогда мы ещё не знали, что такое одиночество.

– Но у вас же столько друзей! Мне Марта сказала!

– А знаете, что ещё Марта сказала? «Ты врываешься в жизнь людей ветром, а они закрывают окна…»

– И она? Неужели и она закрыла?

– Нет, она – нет. Мы с ней вместе навсегда, и потом, у нас есть Агата. Господи, если будут меня на Страшном суде пытать, что хорошего я в своей жизни сделала, мне будет, что им ответить.

– А в окне – та самая гора?

– Вы и про неё знаете?

– Конечно! А разве вам не рассказали? Как Мака выступала, как рассказ про вас читала? И как потом Марта встала и начала всему залу рассказывать продолжение: и про гору,

и про ваш дом, и про то, какая вы теперь... У неё голос зве-
нел... А ей не верили, кричали, что так не бывает! Ой, там
столько всего было!

— Я знаю кое-что, но без подробностей. У нас же теперь
проблема: Марта на меня дуется непонятно за что. Ну, кто
мог подумать, что жена её Игоря окажется моей бывшей
подругой?

— Она сама к нам тогда подошла. Стояла такая прямая и
голову задрала, я сначала даже подумала, что это от высоко-
мерия. Но мы хорошо поговорили, и они нас в гости пригласили, и всё было так здорово, прекрасно день провели. Мака
в тот вечер сидела на вашем любимом диванчике – зелёном, с
подушками. Представляете? Когда в комнате появилась Агата, Игорь чуть чувств не лишился, сам мне потом призна-
вался, а его, знаете, трудно пробить, исключительно уравно-
вешенный мужчина. Паразит. Не прощу ему этого никогда.
Говорит, что теперь чувствует голос крови – когда ребёнок
давно вырос, а он только и делал, что деньги пересылал. Ещё
про шею говорит, что она у неё такая же, как у его матери,
Терезы, очень красивая, между прочим, женщина была. Мориц к вам хочет приехать, ой, только я вам этого не говорила, ладно? И сестра хочет. Ой-ой, только этого я вам тоже не
говорила! Лучше я буду молчать, нет, лучше сказать... нет,
извиниться... нет, всё неправильно. В общем, то, что Мака
вас бросила, это подло. Но она до сих пор слушает вот эту
самую музыку, словечки ваши повторяет, фотографии ваши
хранит. А знаете, как она на меня ругается? «Дуя!» Но фан-
тастическая дура как раз она. Ей бы не трусить и самой вас
найти, а она только сейчас, когда с Мартой всё открылось,
чухнулась. А поезд, наверное, давно ушёл... Да?

— Если ваша сестра когда-нибудь доедет до меня, я знаю,
что мы будем делать.

– Я тоже знаю. Плакать начнёте.

– Я не о том.

– Фотографии будете смотреть, музыку слушать?

– Я научу эту колоду танцевать. Ну что вы смеётесь?

Да, Мака всегда была неуклюжая, как кадка с пальмой, и усидчивая, как счетовод. Однажды на Новый год я подарила ей бухгалтерские нарукавники. Они были из чёрного сатина с бельевыми резинками, вставленными в манжеты. Так она потом со мной месяц не разговаривала! А Королева, даже когда в кресле сидит, похожа на пламя. Только раньше это был костёр, где всё пляшет, играет и взрывается искрами, а теперь – как будто свечка горит. Почему они тогда вцепились друг в друга, почему до сих пор не могут забыть время, когда были вместе? И как моя сестра смогла отказаться от такой подруги?

Она осталась почти такой же, как много лет назад, когда мы встретились – в разгар лета на нашей даче. Была уже совсем поздняя июльская ночь, весь наш маленький дом был наполнен ароматом жасмина. И то ли от этого запаха, то ли от жары я никак не могла заснуть. Вдруг мать стала закрывать окна: «Галочка, там, по-моему, кто-то в калитку скребётся…» Она всегда была трусиха.

– Ира, а помните, как вы с Макой к нам на дачу приехали?

– Да… Мы три часа проторчали на станции, боялись по темноте через лес идти. Нас потом какой-то дядька на мотоцикле довёз. Вашу сестру мы в коляску посадили, чтобы не свалилась, а я на заднем сидении ехала. Пришлось за него держаться, больше не за что было, так он потом нам говорит: «Девочки, а хотите, я вас ещё покатаю?» Забавно…

А у меня здесь тоже жасмин растёт. Летом лежу и вспоминаю, как мы у вас на крыльце клубнику из миски ели, как соловьи тогда говорить мешали, как солнце всходило. И вашу маму в ночной рубашке…

В детстве я много раз расспрашивала сестру о той рыжей, которая на прощание обняла меня за плечи, прижалась своей душистой упругой шевелюрой к моему уху и прошептала: «Ты моя вермишелинка…» Больше мы не виделись.

Шевелюра на месте, веснушки, профиль, «изваянный неизвестным героем», тоже. Что тогда изменилось? Рот. Тогда он был ярким и капризно изогнутым, теперь углы его опустились, и что там затаилось в его складках, знала, наверное, только сама Королева.

— А почему у вас стены бетонные? Отделка не закончилась?

— У нас отделка ещё и не начиналась.

— А как же вы здесь живёте?

— Нормально. Уже привыкла. Поначалу ждала, что мне долг вернут, а сейчас уже всё ясно и про долг, и про отделку. Денег нет ни у кого, и вряд ли появятся. Зато у меня замечательный вид из окна. Спальню я сама покрасила и всё остальное тоже сделаю. Я же всё умею.

— Ой, а я, между прочим, художник! Успешный. Хотите, я вам стены разрисую? Бесплатно, просто потому, что мне у вас нравится. И вы мне нравитесь. Я же всё-всё про вас знаю: и как у вас в вожатской занавеска по ночам качалась, и как вы цветы в вёдра ставили, а вам их всё несли и несли, и какая вы были красивая, ой, извините, вы и сейчас красивая, и как она вам завидовала, и как в Шведова вашего втрескалась, и про Шуру... и про больницу. Мака ведь там тоже лежала, два раза! Я ей тогда ещё объясняла, что это не совпадение, что Вселенная всё видит и посылает свои сигналы. Нет, ну, честное слово... А можно я к вам ещё приеду?

ГЛАВА 23

Так ему и надо

Одна моя близкая родственница по имени Галина утверждает, что самая вредоносная черта в моём характере – это склонность к пафосу. И это после того, как я сама ей однажды объяснила, что пафос убивает всё лучшее.

Я начала свою речь так, как задумала: «Итак, настало время произнести два простых слова: спасибо и до свидания. Многоуважаемая свеча, когда-то ты была похожа на небольшое полено полезного для глаз зелёного цвета, а сейчас от тебя остался лишь небольшой пенёк. Твои края оплыли, и фитиль почти не виден – ты прожила большую жизнь. В твоём пламени сгорало то, что никто не должен был узнать, увидеть, услышать.

Я верю, ты не погаснешь раньше срока, ты, как и прежде, терпеливо выслушаешь меня, и твоё пламя будет молчаливо трепетать в такт моему дыханию.

В этот раз я не буду плакать и жаловаться, не буду угрожать и зарекаться. Я хочу честно рассказать тебе о том, что со мной произошло. Честно. Должно же быть где-то место, где можно не врать самой себе».

Ну всё, торжественная часть окончена, можно «перекурить и оправиться», а заодно вспомнить, что на морде у меня крем, на голове – бигуди, а на ногах – шерстяные носки, и всё сразу встанет на свои места.

После того как мы с Игорем собрали воду с пола, Галка прочитала нам короткую лекцию на тему межличностных отношений, на что я заметила, что мы с моим пока ещё мужем – взрослые и неглупые люди и курс социализации нам, в отличие от её Окташи, не нужен. После чего эта нимфоманка и эзотеричка, надменно скрестив руки на груди, потребовала от нас немедленно очистить принадлежащее ей помещение. Я молча взяла сумку, забрала собаку и ушла, от души хлопнув дверью.

Как только мы сдали нашу московскую квартиру жильцам, она оказалась позарез мне нужна. Пока я раздумывала, куда же мне идти, из подъезда показался мой муж, схватил меня за локоть и быстро запихнул нас с собакой на заднее сиденье нашей машины. Сопротивляться у меня не было сил. В дороге мы молчали, и только Ванька радовался тому, что мы вместе, порываясь лизнуть Игоря в шею. В ответ Игорь размякшим голосом нёс какую-то несусветную чушь. Я смотрела в окно и мысленно успокаивала себя тем, что, хотя у нас ещё общее жилище, это уже мало что значит.

Дома я сразу пошла кормить собаку. Потом пришлось отваривать макароны, потому что этот тип жалобным голосом попросил покормить его, а жрать у нас в доме было совершенно нечего. Когда всё было готово, я вспомнила, что сегодня он уже ел макароны и тоже с сахаром. Ну и очень хорошо, так этой скотине и надо.

Когда-то наша мать говорила, что есть проверенный способ узнать, можешь ли ты ещё жить со своим мужчиной. Это не общая постель, это – общий стол. Если тебе не противно смотреть на него, жующего, считай, испытания прошли удачно.

Мне было не противно, мне было обидно. Свои секреты мой муж предпочитает рассказывать моей сестре, и даже Ваньку, оказывается, он забрал по Галкиной наводке, а я об этом даже не догадывалась, пока однажды эта мерзавка сама не проговорилась. И вот теперь эта кошмарная история с Мартой, и опять Галка знает больше меня.

Наверное, пора мне с моим многостаночником попрощаться навсегда. Я устала. Устала от его баб и от его вранья. Серёжа взрослый, мамы уже нет, Галка к таким вещам человек привычный. Единственное существо, которое действительно пострадает, это наша собака. Но об этом я не буду думать сегодня, я подумаю об этом завтра. Как Скарлетт О'Хара.

Тарелка опустела. Я тщательно её вымыла, промокнула полотенцем, поставила на полку, убрала солонку, сахарницу и салфетки, протёрла стол, проверила плиту, поправила занавеску, придвинула свой стул к столу. Подождала ещё немного и приготовилась идти на второй этаж. Даже поднялась на одну ступеньку.

Если он меня остановит, никаких рыданий, жалоб, возмущённых криков не будет, только сухое молчание. Пусть выкручивается, как хочет, я всё ему выскажу потом. Ну и долго он ещё будет так сидеть? Я же сейчас уйду!

Он подошёл ко мне, когда я поднялась на вторую ступень. Ненадолго же его хватило. С высоты было хорошо видно, что ещё чуть-чуть – и на макушке у него обозначится внятная лысина. Ну и очень хорошо, так этой скотине и надо.

Мы по-прежнему молчали. Он сам положил мою ладонь себе на затылок. Помнится, когда-то в моей жизни это уже было, но не с ним. Ну и очень хорошо, так ему и надо.

Наверх мы поднимались вместе. Честное слово, я думала, что мы идём в его кабинет. Он сядет за письменный стол, а я – на диван, красиво откинувшись на подушки и положив ногу на ногу. Он будет оправдываться, а я – молчать. До поры до времени. На мой вопрос, с какой это стати мы зашли в спальню, он ответил: «Случайно». По-моему, он трусил. И очень хорошо, так ему и надо.

…Вероятно, я несколько поторопилась с обвинениями в адрес сестры, вероятно, я сама нимфоманка. Когда мне показалось, что ни у него, ни у меня уже не осталось сил, я услышала его шёпот где-то у себя за ухом:

– Скажи мне что-нибудь хорошее…

– Сволочь.

Он охнул и тихо застонал… Ну и очень хорошо. Так ему и надо.

ЭПИЛОГ

Вкус, знакомый с детства

оя свеча догорает. Как трудно человеку не врать себе, сколько раз я сбивалась, а потом, глядя на мерцающее пламя, начинала всё сначала: вслух, медленно и чётко.

«Слово изречённое есть ложь» – это не всегда так. Наш мысленный монолог даёт много скрытых подсказок для того, чтобы оставаться всегда правым в своих глазах. Но «слово изречённое» такие подсказки делает заметными.

Мне кажется, что форма диалога при общении людей друг с другом отсутствует, его заменяют монологи – у каждого свой. И как же можно услышать другого, когда чаще всего мы не можем услышать даже самих себя?

Глядя, как таял и стекал каплями на подставку зелёный воск, я каждый раз училась говорить, слушать себя и не врать. Сейчас курс моей персональной «социализации» почти пройден. Как у Окташи.

Почему появилась эта свеча, почему я начала говорить сама с собой, почему в моей жизни случилось всё, что случилось, я не знаю, в этом гораздо лучше разбирается моя младшая сестра. И сейчас я готова поверить, что, действительно, всё, что мы в жизни делаем плохого и хорошего, возвращается к нам.

Мне нужно многое успеть, прежде чем Серёженька поцелует мой холодный, жёлтый лоб. В конце концов, мы все уже немолоды. Ох, наверное, Галка права: ну, вечно я сбиваюсь на пафос…

Очень скоро я подойду к дому, что стоит неподалёку от знаменитой горы, и позвоню в дверь. Мне откроет моя самая любимая на всю жизнь подруга, и я, ещё на пороге, попрошу её простить меня. За всё. А потом мы будем долго молчать, обняв друг друга. И когда закончатся слёзы – ну, закончатся же они, в конце концов, – мы снова будем шёпотом читать друг другу стихи, слушать музыку, смотреть, как колышется занавеска в окне и рассказывать друг другу про свою жизнь.

Я привезу с собой килограмм конфет «Коровка». Ирка рассмеётся и спросит, почему именно они? А я расскажу ей про Модестовича, про его тоску в глазах, смешной треух на голове и про «вкус, знакомый с детства».

И может быть, однажды случится так, что мы с ней приедем к Марте. Моя сестра, конечно же, потребует взять её с собой. Мы соберёмся в уже знакомой нам гостиной: Галка, скрестив по-турецки ноги, сядет на ковёр, Агата устроится рядом, а Дина растянется между ними, глубоко и прерывисто вздыхая от счастья. Мы с Иркой заберёмся на тот самый тёмно-зелёный диван. Она, как обычно, тут же положит свою рыжую голову мне на колени, а Марта будет подбрасывать поленья в камин и, глядя на нас, улыбаться.

Мы не станем торопиться, мы всё равно за один вечер ничего не успеем. Нам ведь так много нужно сказать друг другу.

Этот тип, мой муж, провожая нас, попросит меня об одолжении: захватить с собой украшенный вышивкой полотняный мешочек с кружевным воротником внутри и передать его Агате. Объяснять ничего не нужно, просто сказать, что это подарок от того самого Игоря Оттовича, который уже был у них в гостях. И обязательно добавить, что кружево это когда-то сплела его мать – Тереза Кёниг.

Лично я во всё это не очень верю, но Галка утверждает, что именно так оно и будет. Дело в том, что Вселенная всё время посылает нам свои сигналы, и нужно просто научиться их считывать.

Татьяна Шереметева
МАЛЕНЬКАЯ ЛУНА
Роман

Редактор: Ольга Новикова
Компьютерная вёрстка: Михаил Кондратенко
Обложка: Лариса Студинская
Главный редактор издательства: Семён Каминский

Bagriy & Company
Chicago, Illinois, USA

printbookru@gmail.com